AF482699

Jodocus Temme

Der gestohlene Brautschatz
(Historischer Kriminalroman)

e-artnow 2018

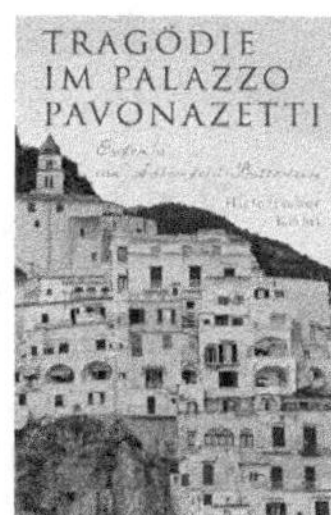

Eufemia von Adlersfeld-Ballestrem
Tragödie im Palazzo Pavonazetti (Historischer Krimi): Gespensterjagd in den Straßen Roms

Ludwig Tieck
Vittoria Accorombona (Historischer Roman)

Jodocus Temme
Der Leichensee und andere Geister-Geschichten: Das lebendig vergrabene Kind, Auf der Eisenbahn, Das Testament des Verrückten, Volkesstimme, Nobles Blut, ...neuen Amte, Der gestohlene Brautschatz...

Alexander von Ungern-Sternberg
Liselotte (Historischer Roman)

Jodocus Temme
Die Hallbauerin (Krimi-Klasiker): Historischer Roman

Jodocus Temme

Der gestohlene Brautschatz (Historischer Kriminalroman)

e-artnow, 2018
Kontakt: info@e-artnow.org
ISBN 978-80-273-1127-9

Inhaltsverzeichnis

I

Vor nicht gar vielen, aber auch nicht gar wenigen Jahren, zu einer Zeit indeß, da auch in Preußen noch der alte gute Criminalprozeß galt, wurde ein preußischer Lieutenant aus einer entfernten Garnison nach Berlin versetzt. Eigentlich wurde er dahin zurückversetzt, denn er hatte schon früher einmal dort in Garnison gestanden.

In Berlin giebt es vielerlei Militair: die Garden, von denen jedoch ein Theil in Potsdam liegt; das Kriegsministerium, bei dem eine Menge von Offizieren aller Graden theils fest angestellt, theils zur Dienstleistung commandirt sind; Lehrbataillone und Lehrescadrons, zu denen namentlich Subalternoffiziere und Unteroffiziere aus allen verschiedenen Regimentern der Monarchie jährlich commandirt werden; das Invalidenhaus, und noch einige andere Institute, bei denen Soldaten die wesentlichen Bestandteile bilden, oder doch ausschließlich oder hauptsächlich angestellt sind.

Der Lieutenant von Maxenstern, von dem hier die Rede ist, wurde nicht zu der Garde versetzt und hatte auch früher nicht bei der Garde gestanden, er war nicht reich genug dazu. Er kam auch nicht in das Invalidenhaus, denn er war weder ein alter noch ein gebrechlicher Mann, noch ein bürgerlicher Lieutenant, der etwa bisher Feldwebel gewesen wäre.

Er war ein junger Mann von neunundzwanzig bis dreißig Jahren. Er gehörte einer pommerschen Adelsfamilie an, die dem Preußischen Staate schon viele Lieutenants und sogar zwei oder drei Landräthe geliefert hatte. Nach den Vorstellungen des oder über den preußischen Beamten- und Offiziersadel gehörte sie zu den alten preußischen Adelsgeschlechtern. Der alte ritterschaftliche Adel in den westlichen Theilen des preußischen Staates, sowie in anderen deutschen Ländern pflegt freilich die Nase zu rümpfen, wenn man bei dem preußischen Beamten- und Offiziersadel überhaupt von Alter sprechen will. Jedenfalls gehörte die Familie von Maxenstern nicht zu dem reichen Adel, nicht einmal zu dem reichen Adel Pommerns, in Bezug auf den der reiche Adel anderswo behauptet, daß man von Reichthum gar nicht sprechen dürfe. Gewiß ist freilich, daß ohne das Institut der adeligen Lieutenants das Geschlecht derer von Maxenstern, gleich einem großen Theile des pommerschen Adels, seine adelige Existenz nicht wohl mehr hätte fristen können, vielmehr jenem Schicksale würde erlegen sei, das schon seit vielen Jahren den Adel Westpreußens betroffen hat, wo bekanntlich der vierte Mensch ein Adeliger ist, und es sich daher nicht selten trifft, daß die Knechte und Mägde des Bauern oder bürgerlichen Gutsbesitzers zur Hälfte aus Adeligen bestehen.

Uebrigens war der Lieutenant von Maxenstern ein wohlgebildeter Mann von ächtem militairischen Aussehen; ferner auch ein Offizier von untadelhafter militairischer Haltung und Gewandtheit. Dabei war er mit einem lebendigen und empfänglichen Geiste ausgestattet, was zur Folge gehabt hatte, daß er im Kadettenhause zu Berlin, in welchem er seine militairische Erziehung und Bildung - also seine gesammte Erziehung und Bildung - genossen, mehr als die meisten seiner Kameraden gelernt hatte, und daß er daher auch zu den »intelligentesten« Offizieren des Regiments gehörte, dem er nach seiner Entlassung aus dem Kadettenhause einverleibt wurde.

Allen diesen vortrefflichen Eigenschaften hatte er es zu verdanken gehabt, daß er, nachdem er die erforderliche Anzahl von Jahren im Regimente gedient, zum Lehrbataillon nach Berlin versetzt worden war. Die Lehrkadres der Residenz haben die Bestimmung, der gesammten Armee als Schule für ein uniformes Exerzieren, für uniformen militärischen »Pli«, für uniformen militairischen Geist, selbst für uniforme militairische Grammatik zu dienen. In letzterer Hinsicht ist die Anekdote über das grammatikalische Examen bekannt, welches ein Rittmeister mit einem seiner Unteroffiziere bei dessen Rückkehr aus Berlin von der Lehreskadron anstellte.

»Können Sie auch das mir und mich unterscheiden?« fragte der Rittmeister den Unteroffizier.

»Zu Befehl, Herr Rittmeister; im Dienste sage ich mir, außer dem Dienste mich.«

»Erläutern Sie das.«

»Wenn ich von einem Commando oder Urlaub zurückkehre, so sage ich: Herr Rittmeister, ich melde mir, Wenn ich im Wirthshause einen Schnaps fordere, so sage ich: geben Sie mich Eenen.«

Man sagt, der Rittmeister sei mit den Resultaten des Examens zufrieden gewesen.

Aus dem Gesagten geht hervor, daß zu den Lehrkadres nur die fähigsten und tüchtigsten Leute der Regimenter commandirt werden. Sie lernen natürlich in Berlin am Besten, und können das Erlernte nachher bei dem Regiment am Besten wieder geltend machen.

So war auch der Lieutenant von Maxenstern zum Lehrbataillon nach Berlin commandirt worden. Er hatte bei diesem zwei Jahre gestanden, und es läßt sich nicht leugnen, daß er bei seiner Rückkehr in seine Garnison der tüchtigste Offizier des Regiments war. Man war überzeugt, daß er künftig noch der ganzen preußischen Armee zur Zierde gereichen werde.

Das hatte denn etwas Anderes zur Folge, wozu freilich zugleich etwas Anderes beitrug.

Während seines Commandos zum Lehrbataillon hatte er auch etwas Anderes als den militairischen Geist und Pli kennen gelernt, nämlich die Liebe zu einer schönen jungen Dame. Diese junge Dame war von eben so gutem und altem Adel als er; sie war auch nicht minder geistig befähigt und nicht minder liebenswürdig als er. Sie war aber auch nicht minder arm. Ihr Vater war ein verdienter höherer Offizier – Oberst – gewesen, der aber, bei dem häufigen Garnisonwechsel, dem gerade die verdienten Offiziere ausgesetzt zu sein pflegen, freilich auch bei einzelnen Liebhabereien, die die verdienten Offiziere zu haben pflegen, gute Tafel u. s. w., nicht im Stande gewesen war, sich ein Vermögen zu erwerben. Bei seinem Tode hatte er seiner einzigen Tochter, deren Mutter schon früher verstorben war, nichts hinterlassen, als das Andenken eines braven Offiziers und – Schulden. Einer seiner Kameraden, General in der Residenz, hatte die Verlassene zu sich genommen. Sie lebte in seiner Familie in Berlin. Die Familie bestand aber aus sehr hochmüthigen und zugleich sehr gefallsüchtigen Töchtern, unter denen die Verlassene die Rolle des armen Aschenbrödels spielte.

In dieser hatte der Lieutenant von Maxenstern sie kennen, und sein braves Herz sie lieben gelernt. Er hatte ihre Gegenliebe gefunden.

Allein Beide waren, wie gesagt, arm. Und ein armer Lieutenant und ein armes Fräulein können einander nicht heirathen. Wenn es nur auf sie Beide allein ankäme, freilich wohl. So dachten und sprachen auch der Lieutenant von Maxenstern und seine Verlobte. Er hatte eine jährliche »Gage« von dreihundert und funfzig Thalern, und sie konnte die feinsten und elegantesten weiblichen Arbeiten machen. Dabei ist die Liebe, besonders die armer Verlobter, äußerst genügsam, und Beide meinten, daß sie reich genug seien, um, gleichviel ob in der kleinsten Garnison, oder gar in Berlin selbst, leben, sogar anständig leben zu können.

Indeß ein eisernes Gesetz stand ihnen entgegen. In Preußen darf kein Subalternoffizier heirathen, ohne daß er oder seine Braut ein disponibles Vermögen von zwölftausend Thalern, oder eine feste und sichere Rente von sechshundert Thalern besitzt. Dieses Gesetz wird zwar, wie jedes Gesetz, mehr umgangen als befolgt. Man weiset Scheinkontrakte vor, in welchen Vermögen oder Rente auf dem Papiere als vorhanden und gesichert dastehen. Man leihet sogar von einem guten Freunde auf eine halbe oder Stunde die baare Summe von zwölftausend Thalern. Jetzt damit zu dem Auditeur, oder in dessen Ermangelung zu dem nächsten Civilrichter, zählt die Summe auf und läßt sich darüber, und daß man also in dem Besitze von baaren zwölftausend Thalern ist, ein gerichtliches Dokument ausstellen, nach dessen Ausfertigung das Geld zu dem guten Freunde zurückgetragen wird.

Der Lieutenant von Maxenstern und seine Verlobte waren zu redliche und brave Herzen, als daß sie von solchen Mitteln hätten Gebrauch machen können. Sie vertrösteten sich daher auf die Zukunft, und zwar auf eine »Compagnie,« denn dem Inhaber einer Compagnie steht jenes Verbot nicht mehr entgegen. Allerdings war der Herr von Maxenstern erst Secondelieutenant, und er hatte noch fünf andere Secondelieutenants und, mit den aggregirten, noch achtzehn Premierlieutenants vor sich, also im Ganzen dreiundzwanzig »Vordermänner« im Regimente, die sämmtlich erst Kapitains werden und eine Compagnie bekommen mußten, bevor die Reihe an ihn kam, und der Compagnien waren nur zwölf im Regimente. Unter den ältern Premierlieutenants waren auch einige, die schon so lange auf eine Compagnie gewartet hatten, daß sie darüber vierzig Jahre und mehr alt geworden waren, und auch in andern Regimentern hatte man ähnliche Beispiele eines nicht minder langen Wartens. Aber wann hätten Liebende überhaupt wohl die Hoffnung und ein liebender Lieutenant und seine Braut insbesondere wohl die Hoffnung auf eine Compagnie aufgegeben?

Diese Hoffnung verloren sie auch nicht, obgleich manches Jahr hindurch in dem Regimente kein Kapitain und kein Premierlieutenant abgehen wollte, und von den vorstehenden Secondelieutenants nur ein einziger an der Auszehrung gestorben, mithin der Herr von Maxenstern noch immer erst der zweiundzwanzigste in der Reihe für eine der zwölf Compagnien war. Ihre Hoffnung wurde nur sehnsüchtiger, denn zu den hochmüthigen und gefallsüchtigen Töchtern des Generals hatte sich noch immer kein Freier, nicht einmal ein armer Lieutenant, finden wollen, und die Aschenbrödelrolle der nun auch zugleich beneideten Verlassenen, die das Gnadendbrot im Hause aß, wurde begreiflich immer eine traurigere, was begreiflich dem Bräutigam immer mehr zu Herzen ging.

Die wachsende Sehnsucht erzeugte aber zugleich eine vermehrte Anstrengung zur Erreichung des Ziels. Man wird fragen: Was kann, gegenüber dem mit eiserner Strenge festgehaltenen Grundsatze des Avancements im Regimente nur nach der Anciennetät , ein armer Lieutenant zur Beförderung seines Avancements thun? Wie sollte sogar ein armes, Gnadenbrot essendes Fräulein etwas dazu beitragen können? Indessen die Liebe vermag auch bei einem armen Lieutenant und einem armen Fräulein, wenn gleich nicht Alles, doch viel. Der Herr von Maxenstern wußte bei seinen Vorgesetzten in der Garnison und im Generalcommando der Provinz seine militärischen Vorzüge geltend, und das Fräulein wußte darauf bei ihren Gönnern, den Freunden ihres verstorbenen Vaters in der Residenz, aufmerksam zu machen. So wurde der Herr von Maxenstern eines schönen Tages plötzlich in die Adjutantur nach Berlin versetzt, und seine Carriere war dadurch gemacht. Wenn man ihm weiter wohl wollte, so konnte man nun ihn bald aus seinem Regimente ganz herausnehmen und einem Regimente »aggregiren,« in welchem er der Anciennetät nach der älteste Secondelieutenant war. Er war dann in kurzer Frist zum Premierlieutenant zu befördern. War er dies einmal, so konnte er, ohne irgend einem bestimmten Regimente anzugehören, zum Kapitain *à la Suite* ernannt werden. Und dann stand der Verbindung der Liebenden nichts mehr im Wege. Dies war, möglicher Weise, in zwei Jahren zu erreichen.

Wie kein Unglück allein kommt, so kommt auch wohl manchmal im Gefolge eines ersten glücklichen Umstandes ein zweiter.

Die Ernennung des Herrn von Maxenstern zum Adjutanten in der Residenz war da. Die Verlobten hatten ihre Freude darüber in ihren Briefen schon gegenseitig ausgetauscht. Sie mußten zwar noch mindestens zwei Jahre warten, und zwei Jahre pflegen unter gewöhnlichen Umständen für Liebende eine sogenannte (Liebes-) Ewigkeit auszumachen. Für ein Paar arme Verlobte aber, die bis daher noch fast gar keinen Maßstab für die Berechnung des Zeitpunktes ihrer Verbindung gehabt hatten, waren sie, wenigstens vor der Hand, nur eine Spanne Zeit.

Der neue Adjutant traf bereits seine Anstalten zur Abreise nach der Residenz. Auf einmal kam ihm ein unerwartetes Glück, das selbst jenen Aufschub von zwei Jahren beseitigen und eine sofortige Verbindung der Verlobten ermöglichen sollte.

Die Garnison des Herrn von Maxenstern befand sich in einer der Provinzen, die im Jahre 1815 mit der Krone Preußen vereinigt oder wiedervereinigt waren. In einem großen Theile dieser Provinzen blühten schon damals, wie noch jetzt, Handel und Fabriken in großartiger Weise. In fast allen war, und ist theilweise noch jetzt, ein gespanntes Verhältniß zwischen den Bewohnern und den in die Provinz versetzten Beamten und Offizieren aus den sogenannten alten Provinzen des preußischen Staats. Es trug Manches hierzu bei, politische wie religiöse Antipathien, besonders auch ein gewisser verletzender Uebermuth, der auf beiden Seiten war. Die Beamten und Offiziere aus den alten preußischen Provinzen brachten einen spezifisch preußischen Eigendünkel mit, dem nichts recht und nichts gut war, weder Land noch Leute, noch Sitten noch Leben. Die Bewohner der Provinz setzten dann um so mehr einen Uebermuth der Wohlhabenheit und des Reichthums entgegen, als jene Beamten und Offiziere eben meist dem armen Adel und Beamtenstande der alten Provinzen angehörten. Besonders war das der

Fall von Seite der reichen Kaufleute und Fabrikanten, die in einer Woche mehr verdienten, als die Jahreseinnahme selbst eines höher stehenden Beamten, geschweige eines armen Lieutenants betrug. »Wie viel Gehalt bekommt denn so ein Regierungs- oder Oberlandesgerichtsrath?« – »So und so viel jährlich!« – »So viel kosten mich jährlich meine Kleider, und die meiner Frau kosten das Doppelte.«

In einer der reichsten Städte jener Provinzen befand sich die Garnison des Herrn von Maxenstern. Mit einem der reichsten Kaufleute dort war er in nähere Verbindung gekommen. Der Kaufmann war ein junger Mann in dem Alter des Offiziers. Er hatte früher studirt, das heißt, mehrere Jahre auf mehreren deutschen Universitäten zugebracht, wo er nach seiner Neigung Vorlesungen gehört und nicht gehört hatte. Während derselben Zeit hatte er, auf einer preußischen Universität, zugleich sein sogenanntes freiwilliges Militärdienstjahr abgemacht, wie in dem Militärstaate Preußen jeder gebildete und wohlgebildete junge Mensch es zu thun pflegt, und er hatte in diesem Jahre für sein gutes Geld von dem Feldwebel der Compagnie sich maltraitiren lassen, dagegen, gleichfalls für sein gutes Geld, die Offiziere der Compagnie, die gern Austern aßen und Champagner tranken, seinerseits maltraitirt. Er war dann mehrere Jahre auf Reisen gegangen, in fast alle Länder Europa's, und in einem großen Theil der Länder Amerikas und einem kleineren von Asien und Afrika, theils zu seinem Vergnügen, theils zugleich um als künftiger Chef seines Hauses dessen schon bestehende Handelsverbindungen näher kennen zu lernen und neue zu gründen. So war er in seine Heimath zurückgekehrt, wo er bald nachher, nach dem Tode seines kränklichen Vaters, die Geschäfte des großen Hauses übernommen hatte und zugleich ein großes Haus machte.

Gegen die Offiziere der Garnison seiner Heimath brachte er dieselben Gesinnungen mit, welche er als »einjähriger Freiwilliger« gegen die Offiziere seiner Compagnie gehegt hatte. Daher war er wählerisch geworden, und er ließ sich deshalb nicht mit allen, sondern nur mit einem einzigen ein. Die gewöhnliche Menge schien ihm nicht mehr der Mühe zu lohnen. Der Herr von Maxenstern war ihm als der tüchtigste, gebildetste Offizier der Garnison geschildert worden. Diesen suchte er sich aus, um sagen zu können, wenn das grüne Holz dieses Baumes so schlecht ist, was kann dann an dem dürren sein? Allein er überzeugte sich bald, daß das grüne Holz nicht schlecht, sondern in der That ein tüchtiges, und gar ein prächtiges Holz war. Er und der Herr von Maxenstern wurden Freunde.

Unterdeß hatte er sich verliebt und verlobt. Seine Verlobte gehörte gleichfalls einer der reicheren Familien der Stadt an.

Der reiche junge Mann war glücklich. Er hatte viele Ansprüche auf noch mehr Glück. Seine Ansprüche sollten nicht befriedigt werden. Auf seinen Reisen, in Paris, in London, in Madras und anderswo, hatte er nicht immer gelebt, wie er hätte leben sollen. Einige Jahre nach seiner Rückkehr kündigten mehrmals wiederkehrende Brustschmerzen ein Brustleiden an, das sich bald durch häufigeres Blutauswerfen deutlicher anzeige. Die Aerzte verordneten einen einjährigen Aufenthalt im Süden. Er ging nach Madeira.

Seine Verlobte wollte ihn begleiten, die Aerzte verboten es. Beide waren außer sich über die Trennung, besonders die Braut. Sie, sonst die fröhlichste und lebenslustigste junge Dame der Stadt, wurde seit dem Augenblicke der Trennung nirgends mehr gesehen. Sie lebte nur der Correspondenz mit dem Bräutigam, dem sie dicke Tagebücher schrieb. Das dauerte ein volles Vierteljahr. In den letzten Tagen dieses Vierteljahrs war ein Offizier in die Garnison versetzt worden, der mehr Glück in seinem Avancement hatte als der Herr von Maxenstern. Er war noch jung und doch schon Kapitain. Freilich hatte er auch manche Vorzüge. Er gehörte, wenn gleich zu dem armen, doch zu dem vornehmsten preußischen Offiziersadel. Er war ein hübscher und gewandter Mensch. Er war immer pünktlich im Dienst, und erschmeichelnd gehorsam gegen seine Vorgesetzten. Endlich war er ein Liebling der Damen. Er kam von Danzig und brachte von einem dortigen angesehenen Kaufmannshause ein Empfehlungsschreiben mit an das elterliche Haus der Verlobten des in Madeira befindlichen kranken jungen Kaufmanns. Die schöne und augenscheinlich auch die reiche Braut gefiel dem Offizier von dem vornehmen, aber armen Adel. Er machte ihr den Hof.

Schon nach etwa sechs Wochen bekam der fremde Kaufmann auf der fernen Gesundheits-insel zwar noch eben so viele Tagebücher; es wurde auch noch vollkommen eben so viel von Liebe darin geschrieben als vorher. Aber nur fast zuviel von Liebe und in zu überschwenglichen Ausdrücken. Nach den zweiten sechs Wochen wurden die Liebesworte noch feuriger, aber die Tagebücher dünner.

Da trat eines Morgens der Lieutenant von Maxenstern in das Zimmer des Kapitains, der übrigens nicht *sein* Kapitain war, sondern einem anderen Regimente der Garnison angehörte.

»Herr Hauptmann, ich weiß nicht, ob Sie davon gehört haben, daß ich der Freund des Herrn Hart bin

Der kranke Kaufmann aus Madeira hieß Hart.

Der Hauptmann erblaßte leicht bei der Frage, und antwortete verbindlich:

»Gewiß habe ich davon gehört, daß zwei so tüchtige und liebenswürdige Männer Freunde sind.«

»Alsdann,« fuhr der Lieutenant ernst fort, »werden sie mir ein Recht zu der Bitte einräumen, daß Sie von heute an das Haus der Braut meines Freundes nicht mehr besuchen.«

»Mein Herr!«

»Werden Sie das Haus meiden?«

»Mein Sekundant wird Ihnen die Antwort bringen.«

»Ich erwarte sie.«

Am andern Morgen schossen sich die beiden Offiziere. Der Lieutenant verwundete den Hauptmann in der Schulter. Die Folge war, daß der Herr Hart in den nächsten sechs Wochen von seiner Braut Briefe und Tagebücher gar nicht mehr erhielt.

Dagegen hatte eine dienstfertige Tante des Kranken sich verpflichtet erachtet, ihm ausführ-lich zu melden, wie um seinetwegen ein Duell entstanden, – wie dieses abgelaufen, und wie seitdem seine Braut noch weit untröstlicher sei, als zu der Zeit des Abschiedes von ihm, dem Herrn Vetter, ob aber noch immer über diese Trennung oder über etwas Anderes, das könne man nicht genau bestimmen; nur versichere die böse Welt, daß die Fräulein Braut dem ver-wundeten Hauptmann ein paar Mal des Abends einen Besuch abgestattet habe; freilich sei die Kammerjungfer dabei gewesen, und das Fräulein möge wohl nur homöopathische Reue haben üben wollen.

Sechs Wochen darauf kam die Leiche des Herrn Hart in seiner Vaterstadt an. Das Brustü-bel des jungen Mannes hatte sich verschlimmert. Mit ihm die Sehnsucht nach der Heimath. Die madeiraischen Aerzte hatten den Unrettbaren ziehen lassen. Er selbst mußte fast mehr als Ahnung davon gehabt haben, daß er die Heimath nicht wiedersehen werde. Denn er hatte auf Madeira nicht nur sein Testament errichtet, sondern auch mit dem Kapitain des Schiffes, auf dem er nach Europa zurückkehrte, oder vielmehr zurückzukehren gedachte, einen bündigen Vertrag abgeschlossen, durch den er für schweres Geld sich die Begünstigung erkaufte, daß, im Fall seines Absterbens auf der Ueberfahrt sein Leichnam nicht in die See zu werfen, sondern nach der Heimath zu bringen sei.

Er starb auf der Ueberfahrt und sein Leichnam wurde nach der Heimath gebracht.

Wieder mochten seitdem sechs Wochen verflossen sein, als eines Morgens in dem Zimmer des Lieutenants von Maxenstern der Disponent des Handlungshauses Hart erschien.

»Ich habe ein kleines Geldgeschäft mit Ihnen zu arrangiren, Herr Lieutenant,« sagte der Kaufmann.

Diesmal erbleichte der Herr von Maxenstern leicht. Er konnte sich in keiner Weise darauf besinnen, welches Geldgeschäft das Handlungshaus Hart mit ihm zu arrangiren haben möge. »Mit mir, mein Herr?«

Der Disponent legte ein kleines Päckchen und ein kleines Papier auf den Tisch.

Das kleine Päckchen war eingesiegelt mit dem Siegel der Regierungshauptkasse und trug die Aufschrift! »Zwölftausend Thaler in Cassenanweisungen zu 500 Thalern,« mit der garantirenden Unterschrift des Cassenbeamten.

Auf das kleine Papier zeigte der Kaufmann, indem er sagte. »Darf ich bitte, diese Quittung über zwölftausend Thaler blos durch Ihre Namensunterschrift vollziehen zu wollen ?«

»Aber, mein Herr, ich begreife nicht –«

»Der selige Herr Hart hat Ihnen in seinem Testamente die zwölftausend Thaler vermacht.«

»Nimmermehr ! – Das kann nicht richtig sein!«

»Der Todte hat immer Recht.«

Der Lieutenant mußte das Geld behalten und die Quittung unterschreiben.

Der Todte hat indeß nicht immer Recht. Nach weiteren sechs oder vielleicht zwölf Wochen war die ehemalige Verlobte des Herrn Hart die Braut des Kapitains. Das war jedoch später als die nachfolgenden Ereignisse dieser Criminalgeschichte, – die mit *solchen* Nichtswürdigkeiten nichts mehr gemein hat, sich zutrugen.

Auch das Glück kommt nicht immer allein, sagten wir oben. Der Herr von Maxenstern hatte die zwölftausend Thaler an dem Tage nachher erhalten, an welchem die Nachricht von seiner Versetzung in die Residenz eingetroffen war. Den zweiten Tag darauf reis’te er nach Berlin ab.

Seiner Braut hatte er nur das Glück seiner Versetzung und seiner Ankunft gemeldet. Das weit größere Glück des Besitzes jener Summe, die auch die zwei Jahre des fernern Wartens beseitigen sollte, zwei Jahre, die ihm jetzt auf einmal wie eine Ewigkeit vorkamen, dieses Glück wollte er ihr mündlich mittheilen. Das Glück der Geliebten beim Empfange der Nachricht sollte sein Glück verdoppeln, und so sein Glück wieder das ihrige.

Es war gegen Ende des Monats September, als er eines Abends um sechs Uhr mit der Post in Berlin eintraf. Auf dem Posthofe wartete seiner ein Freund und Kamerad, dem er Tag und Stunde seiner Ankunft geschrieben, und der ihm auch schon ein Quartier, und um nach diesem zu fahren, in der spandauer Straße eine Droschke bestellt hatte.

In der damaligen Zeit pflegten die berliner Droschken noch ziemlich langsam zu fahren. Ein flinker Eckensteher war eben so geschwind wie sie. Freilich gab es der flinken Eckensteher nur wenige. Jetzt sind sie ganz ausgestorben; nur ihr Witz lebt noch fort, verschlechtert durch die berliner Mitarbeiter in den leipziger Grenzboten.

Es war schon dunkel und die Straßenlaternen waren schon angezündet, als die langsame Droschke vor dem neuen Quartier des Lieutenants ankam.

Das Quartier war in dem Hause Markgrafenstraße Nummer 92, nicht weit von der Linden-straße. Es lag dort Parterre, gleich rechts vom Eingange in das Haus. Das Parterre war indeß hoch; man mußte zur Eingangsthür des Hauses eine Treppe von fünf bis sechs steinernen Stufen ersteigen. Das Quartier bestand aus einer Wohnstube mit dahinter befindlichem Alkoven zum Schlafen. Die Wohnstube hatte zwei Fenster, die auf die Markgrafenstraße gingen. Das Möblement war einfach. Ein Sopha, sechs Stühle, ein runder Tisch vor dem Sopha, ein kleiner Tisch unter dem Spiegel, ein Schreibsekretär, ein Kleiderschrank; im Alkoven ein Bett.

Jeder Offizier hat zu seiner Bedienung einen »Burschen,« ein Soldat, der ihm von dem Trup-pentheile, welchem er angehört, gestellt wird. Der Bursche des Lieutenants von Maxenstern, von dem Kameraden des Letzteren schon bestellt, wartete des neuen Herrn in dem Quartier. Er trug die Sachen des Lieutenants hinein, die jedoch ein gewöhnlicher Reisekoffer hätte fas-sen können; der große Federhut und der Czako hatten allerdings jeder seine besondere lederne Kapsel.

Der Lieutenant von Maxenstern war ein sehr ordentlicher Mann. Wie sehr es ihn trieb, so-fort die Geliebte zu begrüßen, so mußte er doch vorher seine Sachen in dem neuen Quartier in Ordnung bringen. Der Koffer wurde geöffnet; die sämmtlichen, darin befindlichen Uniform-stücke wurden in den Kleiderschrank gehängt; die Wäsche wurde in die unteren Schubladen des Schreibsecretärs gelegt; andere Kleinigkeiten wurden besorgt. Als Alles fertig war, wurde der Bursche verabschiedet, um am folgende Morgen um sieben Uhr zurückzukommen. Dann schickten auch die beiden Offiziere sich zum Fortgehen an.

Vorher jedoch zog der Lieutenant von Maxenstern aus der Brusttasche seiner Uniform ein kleines, sorgfältig in Papier eingewickeltes und mit Bindfaden umwundenes Päckchen hervor. Er trat damit an den noch geöffneten Schreibsecretär; er schien es in diesen hinein legen zu wollen. Bevor er dies ausführte, prüfte er sorgfältig, ob der Secretär auch sicher zu verschließen sei. Seine Untersuchung befriedigte ihn. Nicht nur hatte die Klappe des Secretärs einen dem Anscheine nach festen Verschluß; auch inwendig, in der Mitte zwischen den beiden Reihen der kleineren oberen Schublade war ein kleiner Behälter mit einem wohlverschließbaren Thürchen versehen. In diesen Behälter legte der Lieutenant das Päckchen; er schob es vorsichtig hinten in eine Ecke. Dann verschloß er mit nicht minderer Vorsicht zuerst das kleine Thürchen und dann darauf die Klappe des Secretärs.

Während dessen hatte er sich mit einer Sorgsamkeit, die man beinahe Aengstlichkeit nennen könnte, überall in der Stube umhergesehen. Die Stube hatte nur eine Thür, die auf den Flur des Hauses führende Eingangsthür; auch in dem Alkoven, der von ihm nur durch einen Vorhang getrennt war, befand sich weiter keine Thür. In so weit schien der Lieutenant unbesorgt zu sein. Besorgt schienen ihn aber die Fenster zu machen. Sie standen offen; schon der Bursche hatte sie vorher geöffnet, um, zumal da es am Tage heiß gewesen, die frische Abendkühle hineinzulassen. Der Offizier blickte durch die Oeffnung unten auf die Straße. Die Brüstung der Fenster war mindestens neun bis zehn Fuß hoch über dieser. Das beruhigte den Lieutenant. Noch mehr verschwand seine Besorgniß, als er sich überzeugte, daß die Fenster von innen mit sehr starken Laden zu verschließen seien. Er verschloß sie damit.

Dem Kameraden war die ungewöhnliche Vorsicht nicht entgangen.

»Man sollte glauben, Du schließest da einen Schatz ein,« scherzte er.

»So ist es in der That,« antwortete der Herr von Maxenstern völlig ernst.

Der Andere wurde neugierig. »Nun?« fragte er.

»Mein Heirathsgut, baare zwölftausend Thaler.«

Der Kamerad fuhr beinahe zurück.

»Kerl, bist Du verrückt geworden?«

»Ich versichere Dich.«

»Auf Ehre?«

»Auf Ehre!«

»Aber wie? Erkläre mir, Graf Oerindur, diesen Zwiespalt der Natur.«

»Unterwegs.«

»Aber, alle Teufel, auf Ehre, Kamerad »Was ist's?«

»Du lässest das Geld hier so liegen - die berliner Diebe.«

»Es mit mir herumzutragen, wäre noch unsicherer.«

»Warum übergiebst Du es nicht Deiner Braut?«

»Ich muß mich morgen beim Obersten melden. Ich bitte dann gleich um den Heirathsconsens und zeige pflichtmäßig mein Geld vor.«

»Am Ende ist es auch hier sicher. Die berliner Diebe sind zwar verdammt frech. Aber seitdem der Polizeirath Duncker da ist, haben sie doch große Scheu bekommen; er hat auch ihre Reihen sehr gelichtet. Auf Ehre, der Duncker, das ist ein Kerl!«

»Ich habe von ihm in der Provinz gehört. Das Gerücht übertreibt also nicht?«

»Ein Teufelskerl, auf Ehre. Alles kriegt er heraus. Es ist nicht zu begreifen, wie er es anfängt. Die Diebe fürchten ihn wie den Teufel. Die Residenz athmet ordentlich auf, seitdem die Criminalpolizei in seinen Händen ist.«

Die beiden Kameraden gingen. Das Licht wurde ausgelöscht, nach den Fensterläden noch einmal gesehen, die Stubenthür wohl verschlossen. Den Schlüssel steckte der Lieutenant von Maxenstern zu sich.

Der Lieutenant ging zu der Braut, die unter den Linden wohnte, ihr sein und ihr Glück zu verkünden. War die Arme bei den noch immer freierlosen Töchtern des Obersten früher im Fegfeuer gewesen, so war sie dort, seit der Versetzung ihres Bräutigams in die Adjutantur, in der Hölle. Aus dieser sollte sie jetzt befreit werden.

Sollte sie?

II

Dem Hause Markgrafenstraße Nummer 92 gerade gegenüber befand sich ein sogenannter Frühstückskeller. Das Frühstück in solchen berliner Kellern besteht hauptsächlich in Kümmel, und außerdem in Brot, Wurst und sauren Gurken, manchmal auch in noch saurerm Weißbier, der sogenannten kühlen Blonden. Das Alles kann man auch den ganzen Tag über haben und genießen. Die Frühstückskeller sind daher vom frühen Morgen bis oft in die späte Nacht mit Gästen besetzt, zuweilen reichlich, zuweilen spärlich.

In dem genannten Keller befanden sich an jenem Abend, zu derselben Zeit, als der Lieutenant von Maxenstern mit seinem Kameraden in der Droschke vor seinem neuen Quartier vorfuhr, nur zwei Gäste. Es waren ein alter und ein junger Mann. Der alte Mann trug einen alten, zerrissenen, schweren, grünen Flausrock, was bei der herrschenden großen Hitze auffallen mußte. Der junge Mann fiel dadurch auf, daß das graue kurze Kamisol, das er trug, so sehr zu kurz für ihn war, daß die Schöße desselben kaum die Mitte seines Rückens erreichten.

Der junge Mann war eine große, stämmige, breitschultrige, aber doch gewandte Gestalt von ebenmäßigem, gefälligen Wuchse.

Er hatte ein etwas blasses, aber feingeformtes Gesicht, mit großen, schwarzen, sehr klugen und sehr lebhaften Augen, aus denen aber ein finsterer Trotz hervorblickte.

Der Alte war von kleiner Figur, mehr schwächlich als kräftig, mit gebückter Haltung. Sein Gesicht war ungesund aufgeschwollen, an manchen Stellen mit den rothen Flecken der Schnapssäufer bedeckt. Die kleinen grauen Augen schienen, wenn auch nicht so klug, doch nicht minder lebhaft zu sein als die des Jüngeren; aber ihr Blick war verschleiert, so daß man eben nur ihr fortwährendes Hin- und Herbewegen wahrnehmen konnte. Auf seinem Kopfe sah man nur noch seltene, schmutzig blonde Haare.

Die beiden Männer saßen an dem Tische, der die ganze Länge des Kellers durchzog. Sie saßen an dem oberen Ende desselben, dicht unter dem auf die Markgrafenstraße führenden Fenster. Sie hatten dort ein großes Glas mit Kümmel vor sich stehen, das zur Hälfte geleert war. Einige Teller, auf denen die übrigen Ingredienzien eines Frühstücks dieses Kellers, Brot, Wurst und saure Gurken gewesen sein mochten, waren ganz leer.

Sie saßen schweigend. Der Alte warf zuweilen einen sehnsüchtigen Blick nach dem Kümmelglase. Der Jüngere schaute dann und wann verstohlen in die Straße hinein.

Es wurde dunkler auf der Straße, noch mehr in dem Keller. Aus einem Nebenkämmerchen trat der Wirth des Kellers ein. Er wollte eine Lampe anzünden, die schon auf dem Tische stand. Der Jüngere, der sein Vorhaben bemerkte, stieß mit dem Ellbogen den Alten an. Dieser wandte sich an den Wirth.

»Ist für uns nicht nöthig,« sagte er mit einer schnapsheiseren Stimme.

»Aber für mich,« antwortete der Wirth. »In die dunkelen Keller kommen die Gäste nicht.«

Die beiden Gäste sahen sich einander an. Zwei einverstandene Blicke begegneten sich.

»Wie viel?« fragte die heisere Stimme des Alten den Wirth.

»Fünf,« war die kurze Antwort.

Der Alte zog ein kleines ledernes Beutelchen hervor, nahm ein Fünfsilbergroschenstück heraus und legte es auf den Tisch. Der Wirth besah es genau, als ob er an der Aechtheit zweifelte, und steckte es dann zu sich. Er mochte nach dem Aeußern der beiden Gäste Grund zu seinen Zweifeln haben. Der Alte sah der Prüfung des Geldstücks mit einem höhnischen Blicke zu, während er das Kümmelglas völlig leerte. der Jüngere hatte unterdeß angelegentlicher durch die Fensterscheiben in die Straße gesehen.

In diesem Augenblicke fuhr vor dem gegenüberliegenden Hause die Droschke mit den beiden Offizieren vor.

Die beiden Gäste verließen den Keller. Um aus diesem auf die Straße zu gelangen, mußte man eine schmale, dunkele Treppe von etwa acht Stufen hinaufsteigen. Oben, unmittelbar an der Straße, war die Thür, die zwei Flügel hatte, nur halb geöffnet. Hinter dem nicht geöffneten Flügel blieb der jüngere der beiden Männer stehen.

»Sieh nach, ob die Straße rein ist,« sagte er leise zu dem Alten.

Er sprach in einem etwas befehlenden, beinahe hochmüthigen Tone. Der Alte ging gehorsam auf die Straße hinaus. Er kehrte nach einer halben Minute zurück.

»Alles rein,« sagte er, mit seiner heiseren Stimme, gleichfalls leise.

Der junge Mann wollte auf die Straße hinaustreten. Der Alte hielt ihn zurück.

»Da scheint etwas zu machen zu sein,« sagte er, nach der Droschke hinzeigend, aus welcher so eben die beiden Offiziere herausgestiegen ausgestiegen waren, während der Kutscher dem herangetretenen Burschen den Koffer vom Bocke zureichte.

»Dort,« erwiederte der junge Mann in dem zu kurzen Kamisol verächtlich.

»Nun, ja.«

»Bei zwei Lieutenants, die nicht einmal von der Garde sind?«

»Sieh Dir den Koffer an. Er ist schwer. Der plumpe Commißbengel kann kaum mit ihm die Treppe hinauf.«

»Was wird darin sein? Abgetragene Uniformen, abgerissene Stiefeln, zerrissene Hemden. Ich kenne das.«

Er trat in die Straße. Der Alte folgte ihm, noch immer nach der Droschke und nach dem Hause sich umblickend, in welchem gleich nachher die beiden Offiziere verschwunden waren.

Sie hatten nur wenige Schritte gemacht, als der Schein einer fernen Laterne ihren stets lauernden Augen einen herannahenden Gensd'armen zeigte. Sie sprangen rasch hinter eine breite Pumpe neben dem Trottoir.

Der Gensd'arm ging würdevoll drüber, ohne sie zu sehen.

»Wohin gehen wir?« fragte, als der Gensd'arm vorbei war, der jüngere seinen Gefährten in dem grauen Flausrocke.

»Du weißt es ja. Für heute Nacht weiß ich kein anderes Quartier.«

»Als in den Scheunen dahinten?«

»In der Weberstraße.«

»Wenn es nur nicht so weit weg wäre. Man ist dahinten so entfernt von allen Geschäften. Wenn man des Nachts nicht schlafen kann, man könnte nicht einmal etwas ausführen.«

»Das möchte ich Dir ohnehin nicht rathen. Du mußt erst wieder das Terrain kennen lernen. Seitdem der Duncker da ist – «

»Bist Du wieder mit Deinem Duncker da! Ich bin drei Stunden bei Dir und habe schon zwanzig Mal den Namen hören müssen.«

»Ich wünsche Dir, daß Du ihn nicht noch öfter hören, oder gar die Bekanntschaft des Mannes machen mußt.«

»Hat das Alter oder das Zuchthaus Dich feige gemacht?«

»Du kennst ihn nicht. Du hast seit sechs Jahren auf der Festung gesessen. In dieser Zeit ist er gekommen. Und seitdem ist Alles anders geworden.«

»Laß uns gehen.«

»Warte, warte; nur noch einen Augenblick.«

»Was hast Du?«

»Sieh, die beiden Offiziere da drüben.«

Von dem Trottoir aus konnte man durch das geöffnete Fenster sehen, was in dem gegenüberliegenden erhellten Quartiere des Lieutenants von Maxenstern, namentlich in der Nähe des Fensters, vor sich ging. Der Lieutenant war gerade mit dem Untersuchen der Sicherheit des Sekretärs beschäftigt.

Auch der jüngere der beiden verdächtigen Menschen blickte jetzt angelegentlich in die Stube gegenüber.

»Zum Teufel, der Kerl versteckt da etwas.«

»In den Sekretär? Nicht wahr? Du hast es also auch gesehen?«

»Ja. Und wie vorsichtig der Mensch ist. Das muß Werth haben.«

»Es scheint also doch kein armer Lieutenant zu sein.«

»Wohin? Du willst doch jetzt nicht fort?«

»Sie machen die Fensterladen zu. Sie wollen ausgehen. Sie werden gleich kommen. Sie dürfen uns hier nicht finden. Der Bursche scheint verdammt mißtrauisch zu sein.«

»Wohin denn?«

»An die Ecke der Junkernstraße dort. Wir überschauen da die Markgrafenstraße und können sie mit den Augen verfolgen.«

Sie stellten sich an die Ecke der Markgrafen- und Junkernstraße. Gleich darauf sahen sie den Burschen des Lieutenants das Haus verlassen. Er ging nach der Lindenstraße zu. Wenige Minuten später kamen die beiden Offiziere. Sie gingen in der Richtung nach den Linden. Sie kamen an den beiden Harrenden vorbei, aber auf der entgegengesetzten Seite der Straße, so daß diese von ihnen nicht bemerkt werden konnten. Als sie, nach der leipziger Straße hin, verschwunden waren, begaben jene Beiden sich vorsichtig nach dem Hause Markgrafenstraße Nummer 92 zurück.

Die Markgrafenstraße gehört zu den belebteren Straßen Berlins, auch noch an ihrem oberen Ende in der Nähe der Lindenstraße, dort, wo das »Kammergericht« so ernst in sie hineinschaut. Ein ernstes und zugleich eisern festes Bild der Gerechtigkeit früher, selbst dem großen Friedrich den Widerstand des Rechts entgegenstellend; von den Stürmen der neueren Zeit manchmal daniedergebeugt.

Es gingen viele Menschen in der Straße, auf den Trottoirs zu beiden Seiten derselben, hin und her, geschäftig und geschäftslos. Arbeiter, die müde von der ehrlichen Tagesarbeit heimkehrten; andere, die auf die unehrliche Abends- und Nachtarbeit aller Art ausgingen; Soldaten, die ohne alle Arbeit einher schlenderten; Köchinnen und Kindermädchen und die bekannten berliner »Mädchen für Alles,« die theils Bestellungen für die Herrschaft machten, theils Bestellungen nicht für die Herrschaft suchten, bei den herumschlendernden Soldaten wie anderswo; junge Comptoiristen, die von den Comptoirs, junge Referendarien, die, bei den »Probeinstructionen« verspätet, vom Kammergericht, junge Lieutenants, die aus der Kaserne in der Lindenstraße kamen; alte vertrocknete Geheim-Sekretäre und Hofräthe – Kanzlei- und Registraturräthe gab es damals in Berlin noch nicht – die noch im Gehen von den Händen den Aktenstaub abschüttelten und den Tintenschmutz abwischten; und noch manches andere preußische Gewächs, das man besonders in der ersten Haupt- und Residenzstadt des preußischen Staates antrifft.

In dem Getreibe aller dieser Leute fiel es nicht auf, wenn zwei Menschen vor einem Hause ein paar Minuten stehen blieben, und, so unbefangen wie möglich, dem Anscheine nach in irgend ein gleichgültiges Gespräch verwickelt, oder nach den blauen Augen einer Köchin schielend, scharf prüfende Blicke nach der Thür, der Treppe, den Fenstern, den Fensterladen des Hauses richteten, und sich zugleich genau die Häuser nebenan zu beiden Seiten und gegenüber besahen, dann aber, wie weiter spazierend, langsam nach der Lindenstraße zugingen. Dort traten sie, um ungestört und unbemerkt mit einander sprechen zu können, auf die um jene Zeit schon leere Rampe des Kammergerichtsgebäudes.

»Nun?« fragte der Aeltere, die Superiorität des Jüngeren anerkennend, den Letzteren. »Was meinst Du? Es geht, nicht wahr?«

»Wenn es gehen soll, so muß es gehen,« antwortete der Andere trocken.

»Wenn wir nur Handwerkszeug hätten! Nur etwas! Aber ich bin erst seit gestern wieder hier, Du erst seit ein paar Stunden! Wir sind nackt und kahl wie die Kirchenmäuse.«

»Schwatze nicht. Wir müssen zunächst wissen, wie es inwendig im Hause aussieht.«

»Da hast Du wahrhaftig Recht, mein Junge. Ich hätte es im Eifer beinahe vergessen.«

»Gehe hin und siehe nach.«

»Warum gehen wir nicht Beide?«

»Fürchtest Du Dich wieder?«

»Fürchten?« Du kennst mich, Fritz. Den Teufel fürchte ich nicht.«

»Aber den Duncker.«

»Aber vier Augen sehen mehr als zwei.«

»Aber, wenn ich abgefaßt werde, so kostet es mich zehn Jahre Festungsarbeit; Dich können sie höchstens auf drei Monate in den Ochsenkopf sperren.«

Das berliner Arbeitshaus heißt unter den betheiligten Personen der Ochsenkopf.

Der Alte im grauen Flausch kehrte nach dem Hause Markgrafenstraße Nummer 92 zurück, während sein Gefährte in der Lindenstraße vor dem Kammergerichte auf und abging. In der unmittelbaren Nähe des Centralpalastes der Gerechtigkeit in Preußen schien er sich am Sichersten zu fühlen. In der That war er damals dort am sichersten vor der Polizei.

Der Alte betrachtete vorsichtig noch einmal das Haus; dann stieg er keck, als wenn ihn ein Geschäft in das Haus führe, die steinerne Treppe hinan und drückte an dem Schlosse der Hausthür, um zu versuchen, ob diese von außen zu öffnen sei, oder ob er klingeln müsse. Die Thür ging auf. Der Alte schmunzelte vergnügt. Er trat in das Haus. Das Haus war nach gewöhnlicher berliner Art gebaut. Ein etwas schmaler Hausflur, zu beiden Seiten desselben Thüren, am Ende eine Treppe, die in die oberen Etagen führte. Unter der Treppe brannte eine Laterne, die den Flur schwach erhellte. Der Alte besah Alles genau, las die Namen auf den Schildern an den Thüren, und entfernte sich dann wieder. Niemand hatte ihn gestört.

Sein Gefährte wartete seiner am Kammergerichte.

»Nun?«

Der Alte war freundlicher und noch geschwätziger geworden.

»Alles gut, Alles vortrefflich, mein Junge. Heute werden wir einen Fang machen! Schon sobald nach unserer Rückkehr in diese liebe Residenz. Du hast doch Glück, Junge, daß Du mich hier gleich getroffen hast. Ohne mich – «

Der Andere war finster und einsylbig geblieben.

»Schwatze nicht, Kerl! Wie ist es inwendig!«

»Ein ordinärer Flur. Rechts die Stube des Offiziers; die Thüre gleich vorn im Flur.«

»Doppelthür?«

»Eine einfache. Es ist die einzige auf der Seite. Auf der andern Seite sind zwei Thüren. Auf dem Schilde an der ersten stand der Name eines Geheimenkanzleisecretärs, auf dem an der zweiten der Name eines prinzlichen Kammerlakaien.«

»Warst Du oben?«

»Ich hielt es nicht für nöthig.«

»Gut.«

Der Alte wurde plötzlich ernst.

»Gut, sagst Du. Und jetzt fängt unsere Noth an.- «

»Welche?«

»Hast Du Handwerkszeug? Hast Du einen Centrumbohrer?«

»Nur ein einfaches Stemmeisen?«

»Schweig. Wie viel Geld hast Du noch?«

»Einen halben Thaler.«

»Gieb her.«

»Was, Alles? Meinen ganzen Nebenverdienst?«

»Warum warst Du das Jahr über in dem Zuchthause nicht fleißiger? Gieb her.«

»Was willst Du mit dem Gelde?«

»Du wirst es erfahren.«

Der Alte zog sein ledernes Beutelchen wieder hervor und schüttete den Inhalt in die Hand seines Gefährten. Es waren drei Fünfsilbergroschenstücke.

»Du bleibst hier,« sagte dann der Jüngere zu ihm. »Ich hole mein Sperrzeug.«

Der Alte fuhr bei dem Worte vor freudigem Schreck in die Höhe.

»Sperrzeug! Du hast welches, Herzensjunge? Wie bist Du dazu gekommen? Erst gestern hier angekommen? Von der Festung entsprungen? Wo hast Du es?«

»Schrei nicht so, Bursche, sondern höre aufmerksam zu. Die Offiziere können spät in der Nacht, sie können aber auch früh zurückkommen. Vor halb zehn Uhr muß Alles vorbei sein. Jetzt ist es schon sieben durch. Mein Sperrzeug liegt wohlvergraben , draußen am Windmühlenberge, schon seit sechs Jahren, so lange als ich sitze. Von hier bis zum Windmühlenberge ist eine halbe Meile. Wollte ich den Weg hin und zurück zu Fuße machen, so würde es zu

spät. Darum mußte ich Dein Geld zu einer Droschke haben. Ich fahre gleich hin. Du bleibst
unterdeß hier und behältst das Haus im Auge. Gieb wohl Acht, auf Alles, was rein und ausgeht.«

Unter der Rampe des Kammergerichts ist ein Haltplatz für Droschken. Der junge Mann
begab sich dahin, stieg in eine Droschke, rief dem Kutscher zu. »Nach dem rosenthaler Thor,
rasch!« – und fuhr davon.

Der Alte begab sich in die Markgrafenstraße zurück und ging darin auf und ab, bald auf
der einen, bald auf der andern Seite, bald in der Mitte der Straße, aber das Haus Nummer 92
immer im Auge behaltend.

Mit dem Glockenschlage halb neun kam in raschem Trabe von der Commandantenstraße
her eine Droschke nach dem Kammergerichte zu herangefahren. Sie hielt an dem Haltplatze
dort. Eine halbe Minute später waren die beiden Diebsgefährten wieder vereinigt.

Der Alte war dem Zurückkehrenden ungeduldig entgegengeeilt.

»Hast Du?« fragte er.

»Ja.«

»Alles? Auch Bohrer und Stemmeisen?«

»Für den Nothfall auch die. Vorerst werden Dietriche und Haken ausreichen.«

»Du hast die auch? Du bist ein prächtiger Junge. Ich werde stolz darauf, daß ich Dich an-
gelehrt habe. Ich habe es immer gesagt, aus Dir würde etwas werden, Du würdest Deinen
Lehrmeister übertreffen. Ich bin nicht neidisch auf Dich.«

»Ist Nichts vorgefallen?«

»Nichts. Ein paar Mägde gingen ein und aus; das ist Alles.«

»Ist auch der Bursche nicht zurück?«

»»Nein.«

»Komm. Aber zuerst folge mir dorthin.« Er zeigte nach der Lindenstraße.

»Was willst Du da?«

»Du wirst es sehen.«

Der Jüngere führte den Alten in die Lindenstraße, und dort in eines der nächstgelegenen
Häuser, das einen nicht verschlossenen und nicht erleuchteten Hausflur hatte. Der Flur war
leer. Die beiden Diebe stellten sich in den dunkelsten Raum hinter der Hausthür.

»Du hast doch meine Soldatenjacke noch?« flüsterte der Jüngere seinem Gefährten zu.

»Zusammengedrehet in meiner Rocktasche.«

»Gieb her.«

»Was willst Du damit?«

»Sie anziehen.«

»Du bist ja darin entsprungen. Du gabst sie mir, um durch sie nicht verrathen zu werden,
wenn sie bei Dir gefunden würde.«

»Jetzt muß sie mir helfen. Wenn ich drüben bei der Arbeit bin, und es käme Jemand, so
muß man mich für den Burschen des Offiziers halten.«

»Weiß Gott, Junge, Du machst meiner Erziehung Ehre.«

Der Alte zog die zusammengewickelt Soldatenjacke aus der Tasche und steckte das zu kurze
Kamisol seines Gefährten dafür wieder ein. Dieser zog die Jacke an. Sie gingen zu der Markgrafenstraße und zu dem Hause Nummer 92 zurück.

»Ich gehe zuerst allein in das Haus,« sagte der Jüngere. »Du passest draußen auf. Kommt
etwas Verdächtiges, kehren die Offiziere zurück, so giebst Du mir sofort Bescheid. Sobald ich
die Thüre offen habe, rufe ich Dich.«

Er erstieg die Treppe, öffnete die Hausthür und trat in den Flur, dreist und unbefangen, als
wenn er in das Haus gehöre. Die Thür lehnte er hinter sich nur an. Der Flur war leer.

Er hatte sich mit einem raschen Blicke darin umhergesehen. Er wandte sich zu der Thür
des Offiziers. Er horchte einen Augenblick davor. Er hörte nichts. Auch sonst war Alles still
im Hause. Nur in einem der obern Stockwerke hörte man Stimmen. Kinder und Erwachsene
sprachen mit einander. Jene schienen zu Bett gebracht zu werden.

Der Dieb zog aus seiner Hosentasche vorsichtig ein Bund Nachschlüssel hervor. Er versuchte den ersten an dem Schlosse der Thür. Der Schlüssel wollte nicht öffnen. Er nahm einen zweiten.

In diesem Augenblicke öffnete sich oben eine Thür. Schritte naheten sich der Treppe. Es schienen Schritte eines Frauenzimmers zu sein. Der Dieb wurde unentschlossen. Sollte er bleiben oder fliehen? Er blieb und versuchte weiter an dem Schlosse.

Eine Magd kam die Treppe herunter; sie trug ein Licht in der Hand, sie schien in den Keller zu wollen.

Sie stutzte, als sie den jungen Mann in der Soldatenjacke sah. Der junge Mann wandte ihr unbefangen sein volles Gesicht zu. Es war ein schönes Gesicht; die Magd ging nicht nach dem Keller, sondern zu dem hübschen jungen Mann.

»Sie sind wohl der Bursch von dem Herrn Lieutenant, der hier heute Abend eingezogen ist.«

»Ich wollte dem Herrn Lieutenant frisches Wasser besorgen. Der verdammte Schlüssel will nicht öffnen.«

»Soll ich Ihnen leuchten?«

»Ich danke Ihnen; Sie werden keine Zeit haben.«

»O, die da oben können warten.«

Von der Treppe erscholl eine spitzige Stimme herunter.

»So, Fräulein Rieke, schon Bekanntschaft gemacht?«

Fräulein Rieke antwortete nicht minder spitz:

»Wie Sie sehen, Fräulein Dorte.«

Fräulein Dorte, die Magd einer zweiten, oben wohnenden Herrschaft, kam vollends die Treppe herunter.

»Das muß ich sagen, Fräulein Rieke –«

»Was müssen Sie sagen, Fräulein Dorte? Daß sie eifersüchtig auf mich sind? Sie hatten Ursache dazu.«

»Was Sie sich einbilden! Was ist denn das?«

Fräulein Dorte war näher getreten und hatte sich den vermeintlichen Burschen des Offiziers näher angesehen, der freilich ihr nicht voll sein Gesicht zuwandte.

»Das ist so nicht der Bursch des Herrn Lieutenants!« fuhr sie erschrocken fort. Der junge Mann erschrak nicht.

»Darin könnten Sie Recht haben!" sagte er ruhig.

»Und wer sind Sie denn?«

»Ich bin der Bursche des Offiziers, mit dem der Lieutenant gekommen ist.«

Fräulein Dorte war noch mißtrauisch.

»Und wie heißt denn Ihr Lieutenant?«

»Müssen Sie seinen Namen so genau wissen?«

»Ich möchte doch wohl.«

»So warten Sie einen Augenblick. Sobald ich dem Herrn frisches Wasser gebracht habe, führe ich Sie Beide zu unserm Quartier; da werden Sie auch meinen Kameraden treffen, und noch ein Paar andere Freunde. Grog und Karten haben wir schon, es fehlen nur noch hübsche Mädchen.«

Die beiden Fräulein sahen einander versöhnt an.

»Was meinen Sie, Rieke?«

»Und Sie, Dorte?«

»Rieke, wo bleibt Sie denn? Will Sie den Augenblick heraufkommen!« rief oben auf dem Flur eine kreischende Stimme.

Eine andere, nicht minder kreischende rief gleich hinterher: »Ist die liederliche Dorte auch schon da unten? Ich will Sie Mores lehren. Das hat man davon, wenn Soldaten in's Haus kommen.«

Die beiden Mägde eilten die Treppe hinauf.

Der Dietrich des Diebs paßte; die Thür zu der Stube des Lieutenants von Maxenstern öffnete sich. Der Dieb kehrte an die Hausthür zurück, öffnete sie halb und flüsterte hindurch: »Lude!«

Sein Gefährte in dem grünen Flausch sprang die steinerne Treppe hinauf.

Die beiden Diebe gingen in das Zimmer des Lieutenants. Einen Augenblick lang ließen sie die Thür noch offen, um vermöge der Helle des Flurlichtes sich orientiren zu können. Sie sahen auf dem kleinen Tische unter dem Spiegel in einem messingenen Leuchter eine Kerze und daneben Zündhölzer. Einer machte die Thür zu, der Andere zündete die Kerze an.

Jetzt besichtigten sie zuerst rasch Zimmer und Alkoven.

»Von innen wäre keine Gefahr,« sagte der Jüngere. »wir müssen uns auch nach außen sichern. Mach einen Fensterladen halb auf und dann das Fenster, damit Du die Straße beobachten kannst.«

Der Alte verfuhr nach der Anweisung. Der Jüngere machte sich an den Schreibsekretair. Er besah das Schloß der Klappe, er suchte unter seinen Nachschlüsseln. Schnell hatte er einen gefunden, der ihm zu passen schien. Zu dem fabrikmäßig gearbeiteten Schlosse paßte das Instrument in den Händen des erfahrenen und gewandten Diebes in der That. Die geöffnete Klappe des Sekretairs fiel herunter. Der Dieb lächelte still höhnisch, als er im Innern des Sekretairs das kleine verschlossene Thürchen erblickte.

»Reiß es aus, oder laß mich das Puppenschloß aufreißen!« rief eifrig der Alte, der, als er die Klappe fallen hörte, neugierig und ungeduldig seinen Posten am Fenster verlassen hatte, und zu dem Sekretair gesprungen war.

»Ruhig, zurück auf Deinen Posten!« befahl ruhig der Andere.

Er zog aus seinem Bund einen anderen, feinern Haken hervor; nach einigen Sekunden war auch das kleine Thürchen im Innern des Sekretair geöffnet. Der Alte sprang wieder von dem Fenster zurück. Der Jüngere langte aus dem Behälter des Sekretairs ein Päckchen hervor. Er besah es, er wog es in der Hand. Es war sorgfältig in Papier eingewickelt und mit einem rothen Bändchen umwunden; es wog leicht.

»Die Liebesbriefe des Herrn Lieutenants,« sagte er halb ärgerlich, halb verächtlich.

»Oeffne es!« rief der Alte ungeduldig, während seine Augen sich entschleierten und mit einem unheimlichen Feuer stachen, und sein Körper zitterte.

»Oeffne, Junge!«

Der Jüngere öffnete. Auch seine Augen fingen an zu leuchten von einem heftigen, wilden Feuer. Er hielt das Päckchen Kassenanweisungen in der Hand, uneröffnet und unversehrt, wohl versiegelt und überschrieben, wie es aus der Regierungshauptkasse gekommen war. Das Heirathsgut, das Glück des armen Lieutenants!

»Zwölftausend Thaler in königlich preußischen Kassenanweisungen,« las er.

Auch der Alte las es. Der Anblick machte einen fast wunderbaren Eindruck auf den ergrauten Dieb.

»Fritz, Junge!« rief er. »Zwölftausend Thaler! Ich erbärmlicher Kerl! O, ich elender Lump! Da bin ich fast sechzig Jahre alt, und habe seit länger als fünfzig Jahren gestohlen, und mein ganzes Leben hat mir keine zweitausend Thaler eingebracht!«

»Aber,« versetzte spöttisch der Andere, »dafür mehr als dreimal zwölf Jahre Zuchthaus. Doch, alter Kerl, ich glaube wahrhaftig, du weinst.«

»Ja, Fritz, ich weine, und ich schäme mich meiner Thränen nicht. Ich habe ein weiches Herz. Zwölftausend Thaler! Und mit einem Male! Sieh, ich habe niemals geträumt, daß ich noch einmal ein reicher Kerl würde.« Auf einmal unterbrach er sich. »Gieb das Geld her. Ich habe noch nie so viel Geld in der Hand gehabt. Ich muß wissen, wie das ist.«

Der junge Mann war ruhig geblieben, wie immer.

»Das Glück hat Dich närrisch gemacht, alter Thor,« sagte er. »Komm, laß uns fortmachen, ehe man uns hier trifft.«

Der Andere wurde heftig.

»Gieb mir das Gold. Du traust mir nicht?«

»Komm, Narr!«

»Wenigstens meine Hälfte will ich. Wir wollen theilen, auf der Stelle.«

Die Augen des jungen Mannes funkelten zornig.

»Höre, alter Narr,« sagte er, »sprichst Du noch ein Wort, so schmeiße ich Dich aus dem Fenster, daß Du da unten im Rinnstein die Knochen zerbrichst.«

Er hatte dem Alten imponirt. Dieser wurde still; aber mit leeren Händen das Zimmer zu verlassen, das schien dem alten Gewohnheitsdiebe unmöglich. Er blickte um sich her. Er sah den Kleiderschrank. Er flog darauf zu. Der Schlüssel steckte darin. Er öffnete ihn.

»Laß die Kleider hängen!« rief ihm sein Gefährte zu. »Sie können uns verrathen.«

Der Alte war eigensinnig geworden.

»Bekümmere Dich um Dich,« antwortete er trotzig.

Er bepackte seinen Arm mit den Uniformstücken des Offiziers. So wollte er fortstürzen.

»Mach erst den Schrank zu!« befahl ihm der Jüngere.

»Warum das?«

»Ich habe es von Dir selber gelernt. Ein Diebstahl muß so spät entdeckt werden, wie möglich.«

Der Alte verschloß gehorsam den Schrank. Der Andere hatte bereits sorgfältig den Sekretair wieder verschlossen. Er löschte vorsichtig das Licht aus. Beide verließen die Stube. Draußen verschloß er nicht minder vorsichtig die Thür der Stube.

Es war Mitternacht, als der Lieutenant von Maxenstern in sein Quartier zurückkehrte. Von seiner Braut hat er sich noch zu Jagor begeben müssen, wo seine Freunde zu seiner Bewillkommung in Berlin ein kleines Abendessen veranstaltet hatten.

Der Lieutenant kehrte in der heitersten und glücklichsten Stimmung von der Welt zurück. Seine Braut hatte bei Mittheilung seines und ihres Glücks vor Freuden geweint. Erst jetzt, da es bald zu Ende sein sollte, hatte sie ihm alles das Leiden vertraut, das sie seit Jahren in dem Hause des Freundes ihres Vaters erduldet hatte. Sie hatten tausend Pläne des neuen Glücks und der Freude gemacht.

Die Freude der Kameraden und der Jagor'sche Wein hatten den Offizier noch fröhlicher gestimmt.

Er hatte den Schlüssel seines Zimmers mit sich genommen. Die Thür öffnete sich damit. Er fand das Licht an der Stelle, an der er es zurückgelassen hatte, daneben die Zündhölzer. Er zündete es an. In dem Zimmer war Alles an seinem Platze. Er warf einen Blick nach dem Sekretair, in dem er seinen Schatz verwahrt hatte. Er fand ihn verschlossen. An ein weiteres Nachsehen dachte er nicht. Auch seine bisherigen Blicke waren wohl nur mehr instinktmäßig, als von einem Verdachte geleitet gewesen. Er gab sich ganz seinem Glücke hin. So legte er sich zu Bette, schlief bald ein, und träumte vielleicht süß.

Der arme Lieutenant!

III

Am andern Morgen um sieben Uhr stand ein Mann von mittlerer Größe, kräftigem, gedrungenem Gliederbau, mit einem runden, rothen, sehr gutmüthigen und freundlichen und etwas weniger listigen Gesichte, gekleidet in einen braunen Ueberrock, in der Hand einen dicken Rohrstock mit einem großen silbernen Knopfe darauf, in der Thüre des Hauses, Königsstraße Nummer zwei zu Berlin. Er schien auf Jemanden zu warten, und sah sich unterdeß, wie zum Zeitvertreibe, die Leute an, die vor ihm hin- und hergingen. Die Königsstraße, besonders an ihrem Anfangspunkte bei der Kurfürstenbrücke, ist die lebhafteste Straße Berlins. Dort findet sich das größte Gedränge der Stadt zusammen, vom frühen Morgen bis zum späten Abend. Auch an jenem Morgen wogten eine Menge von Menschen auf und ab, an beiden Seiten der Straße, auf den Trottoirs zu Fuße, in der Mitte zu Wagen und zu Pferde. Vor dem Manne mit dem freundlichen Gesichte schien keiner unbemerkt vorbeizugehen; viele kannte er. Manche der Vorbeigehenden kannten auch ihn; den meisten von diesen schien aber seine Bekanntschaft keine eben erfreuliche zu sein. Auf je Einen, der ihn freundlich, zuweilen dankbar grüßte, kamen Drei, die mit scheuem Hutabziehen, oder auch blos scheuem Blicke an ihm vorbeigingen, und, wenn sie vorbei waren, ihre Schritte beschleunigten, gleichsam, als ob sie fürchteten, daß ein Unglück hinter ihnen herkommen und sie einholen möchte.

Von der Kurfürstenbrücke her kam ein alter Mann in einem zerlumpten grünen Flausch, mit einem aufgedunsenen, halb grauen und halb rothen Gesichte und dem eigenthümlich verschleierten Blicke des Zuchthauses. Der Mann sah suchend und zugleich fürchtend nach allen Seiten der Straße umher. Auf einmal gewahrte er den freundlichen Mann in der Thüre des Hauses Nummer zwei. Er senkte seine Augen plötzlich ängstlich, er hielt unwillkürlich seinen Schritt an. Doch in demselben Momente faßte er sich Muth. Er richtete sich in die Höhe, um stramm, und ohne seitwärts zu blicken, an dem Hause Nummer zwei und dem gefürchteten, freundlichen Manne in der Thüre desselben vorbei zu gehen. Er befand sich auf der rechten Seite der Straße von der Kurfürstenbrücke. Er mußte also unmittelbar an jener Thür vorbei. Als er gerade vor ihr war, starr vor sich hinblickend, und, ähnlich dem Vogel Strauß, vielleicht schon meinte, der Gefahr entgangen zu sein, erhielt er auf einmal einen Schlag mit einem Rohrstock auf die Schulter. Der Schlag war nur leise, traf ihn aber doch wie mit heftiger elektrischer Gewalt. Der ganze Mann zuckte zusammen. Er blieb stehen, demüthig seine alte Mütze vom Kopfe reißend.

»Ei, Lude,« sagte der Mann mit dem gutmüthigen Gesichte freundlich lächelnd, »haben sie Dich über Deine Zeit im Zuchthause zu Brandenburg festgehalten?«

»Nein, Herr Polizeirath.«

»Dann mußtest Du schon seit vorgestern wieder hier sein.«

»Zu Befehl, Herr Polizeirath.«

»Und Du hast Dich bei der Polizei noch nicht gemeldet? Alter Lude, das kann dir drei Monate Ochsenkopf eintragen.«

»Ich bin auf dem Wege zum Molkenmarkt, Herr Polizeirath.«

»Schön, Lude, dann will ich Dich nicht aufhalten.«

Der alte Dieb ging leicht weiter. Sein Schritt war leicht geworden, als wenn er sich von einer schweren Last befreit fühlte. Er bog in der That in die gleich in der Nähe befindliche Poststraße ein, die zum Molkenmarkt führt. Am Molkenmarkte Nummer drei hat das Polizeipräsidium der Residenz Berlin seine vielgefürchtete Residenz.

Der freundliche Polizeirath war fast ohne sich zu rühren in der Thür stehen geblieben. Er sah dem alten Diebe nach; dann wandte er sich nach dem Innern des Hauses um.

»Schmidt Vier!« rief er in das Haus hinein.

Ein baumlanger Gensd'arm stand beinahe in dem nämlichen Augenblicke neben ihm.

»Herr Polizeirath!«

»So eben geht der Ludwig Liedke vorbei. Er wurde sichtlich verlegen, als er mich sah. Er hat also schon wieder etwas verübt.«

»Er hat sich noch nicht gemeldet, Herr Polizeirath.«

»Das war es nicht. Seine Verlegenheit war eine andere. Er hat schon wieder gestohlen. Bis gestern Abend war noch nichts zur Anzeige gekommen, was von ihm hätte ausgehen können. Er muß also heute Nacht gestohlen haben, und er ist jetzt auf dem Wege, das Gestohlene in irgend einer Weise zu Gelde zu machen. Daß das noch nicht geschehen ist, dafür spricht auch der alte grüne Flausch, den er noch trägt, und in dem er voriges Jahr abgeliefert wurde. Er hat sich noch keinen andern Rock anschaffen können. Er kam von der Kurfürstenbrücke und wollte die Königsstraße hinunter. Auf meine Veranlassung ist er zuerst zum Polizeipräsidium gegangen, sich zu melden. Gehen Sie ihm gleich nach. Machen Sie, daß Sie vor ihm bei dem Hofrath Falkenberg ankommen, bei dem er sich melden muß. Sagen Sie Herrn Falkenberg, ich lasse ihn bitten, den Liedke wegen der verspäteten Meldung nicht einzustecken, ihn vielmehr schleunig abzufertigen. Dann nehmen Sie Schmidt Zwei und Drei, die Sie auf dem Polizeipräsidium antreffen werden, und lassen Sie den Menschen nicht aus den Augen. Bis neun Uhr finden Sie mich oder Nachricht von mir bei Gaspari an der Königsbrücke, bis elf unter den Linden, bis eins in der Conferenz am Molkenmarkt.«

»Sehr wohl, Herr Polizeirath,« sagte der baumlange Gensd'arm, indem er den Weg nach dem Polizeipräsidium einschlug.

Der Polizeirath ging auf der andern Seite des Trottoirs die Königstraße langsam hinunter.

Der Polizeirath Duncker hatte natürlich mehrere Gensd'armen zu seiner Disposition. Sie gehörten zu den gewandtesten der Residenz. Unter ihnen zeichneten sich wieder besonders drei aus, die alle drei den Namen Schmidt führten, und zur Unterscheidung von einander Schmidt Zwei, Drei, Vier genannt wurden. Ein Gensd'arm Schmidt war meist anderswo beschäftigt. Von jenen drei Gensd'armen Schmidt war Schmidt Vier der Leibgensd'arm des Polizeiraths Duncker. Dieser hätte auch schwerlich einen geschickteren und zuverlässigeren Ausführer seiner Befehle finden können. In jeder Combination, in jeden Plan seines Vorgesetzten ging der Gensd'arm Schmidt Vier eben so leicht ein, als der Polizeirath sie gefaßt hatte, und er führte sie fast eben so genau und umsichtig aus, als der Polizeirath das selbst nur gekonnt hätte. Und das wollte viel sagen. Dabei war er ein durchaus treuer, dem Polizeirath, seinem speciellen Landsmanne, völlig ergebener, verschwiegener Mensch, der überhaupt nicht viele Worte machte und nicht liebte, daß sie gemacht wurden.

Der Gensd'arm hatte schnell die Befehle des Polizeiraths befolgt. Ludwig Liedke war nach der richtigen Combination des Polizeiraths in der That zum Polizeipräsidium gegangen. Er war hier vom Hofrath Falkenberg bald abgefertigt worden. Der alte, strenge, aber gutmüthige Beamte hatte die Verspätung der polizeilichen Meldung, die allerdings einen Arrest im Arbeitshause von wenigstens acht Tagen hätte nach sich ziehen müssen, unter einem unverfänglichen, wohlwollenden Scherze für dieses Mal verziehen. Ludwig Liedke verließ ohne Argwohn das Gebäude des Polizeipräsidiums, und trat auf den Molkenmarkt hinaus. Er sah sich hier vorsichtig nach allen Seiten um. Er entdeckte nur Polizeisergeanten, die sich unbefangen unterhielten, als wenn sie sich Stadtneuigkeiten erzählten. Gensd'armen waren gar nicht zu sehen. Auf ihn schien Niemand zu achten.

Auch er nahm die Miene eines unbefangenen Schlenderers an. Er ging in die stralauer Straße, über die stralauer Brücke, in die Alexanderstraße, und kam so auf einem Umwege zu dem Alexanderplatz, auf welchem, ohne die durch den Polizeirath veranlaßte Seitenbewegung, die Königsstraße ihn geraden Wegs geführt haben würde. Er überschritt auch den Alexanderplatz und bog in die große frankfurter und dann in die landsberger Straße hinein,

Ueberall hatte er sich von Zeit zu Zeit umgesehen, desto vorsichtiger und sorgfältiger, je mehr er den Schein eines blos neugierigen Wanderers angenommen hatte, der nach längerer Abwesenheit sich einmal wieder die schöne Stadt Berlin ansehen wollte. Er hatte keinen Verfolger, kein einziges verdächtiges Anzeichen eines solchen bemerkt. In der landsberger Straße war er auf einmal verschwunden.

Nur ein einziges Auge hatte mit einem halben Blicke wahrnehmen können, wie der alte Dieb glatt wie ein Aal in einen Viktualienkeller glitt. Der halbe blick des einen Auges war genügend, zur Entdeckung seines Verbrechens zu führen.

Die drei Gensd'armen Schmidt Zwei, Drei und Vier hatten den verdächtigen Verbrecher zu verfolgen gewußt, ohne daß dieser auch nur eine Ahnung davon hätte haben können; sie hatten theils die kleineren Nebenstraßen, theils die Häuser mit einem sogenannten Durchgange – von einer Straße in die andere - benutzt. Glitt der alte Spitzbube wie ein Aal, so schlichen sie wie Schatten hinter ihm her.

Schmidt Vier hatte ihn in den Keller verschwinden sehen. Mit einem feinen Pfeifen rief er gleich darauf seine beiden Kameraden und Namensvettern zu sich. Die drei Gensd'armen hatten zerstreut verfolgt. Er trat mit ihnen in ein offenes Vorhaus.

»Er ist dort rechts in den Keller gegangen,« sagte er zu ihnen. »Ueber den Hof des Hauses kann er in die kurze Straße und auch in die große frankfurter Straße kommen. Sie, Schmidt Zwei, gehen in jene, Sie, Schmidt Drei, in diese. Ich bleibe hier. Was Sie fangen, bringen Sie hierher.«

»Wäre es nicht sicherer,« wandte Schmidt Drei ein, »sofort den Keller zu besetzen?«

Schmidt Vier entsetzte sich beinahe, und sein Erstaunen veranlaßte ihn, mehr zu sprechen, was er vielleicht je ohne Unterbrechung gesprochen hatte.

»Was ist denn heute mit Ihnen, Schmidt Drei?« sagte er. »Der Kerl hat gestohlen, das können Sie sich doch wohl denken« und der Polizeirath muß meinen, daß es sich hier um einen großen Diebstahl handele, sonst würde er nicht uns alle Drei aufgeboten haben; das können Sie sich doch auch denken. und der Kerl hat erst heute Nacht gestohlen und also das Gestohlene noch nicht zu Gelde gemacht; auch das müssen Sie sich denken können. Also auch, daß er in diesem Keller den Handel machen oder wenigstens vorbereiten will. Können Sie sich denn nun nicht denken, was passiren würde, wenn wir wie dumme Polizeisergeanten in den Keller dort einfielen? Unten würden wir eben nichts finden, als den Liedke, der ruhig seinen Kümmel verzehrte und uns auslachte. Also fort, Jeder auf seinen Platz. Nur immer vorsichtig.«

Schmidt Drei erwiederte auf die ihm einleuchtenden Bemerkungen von Schmidt Vier nichts.

Die drei Gensd'armen begaben sich auf ihre Posten. Schmidt Zwei eilte in die kurze Straße, Schmidt Drei in die große frankfurter Straße, Schmidt Vier schlich an den Häusern entlang in ein offenes Haus, das unmittelbar neben dem Keller lag, in welchem der Dieb verschwunden war.

Er hatte hier kaum zehn Minuten gewartet, als Ludwig Liedke aus dem Keller wieder herauskam. Er sah völlig unbefangen und unverdächtig aus. Er trug auch nichts bei sich, nicht das kleinste Päckchen. Die Hände in den vordern Taschen seines grünen Flausches, wollte er quer über die Straße schlendern, an deren anderer Seite sich eine Barbierstube befand.

Als er über die Straßenrinne schritt, vertrat ihm plötzlich der lange Gensd'arm den Weg. Er erschrak nicht. Er schien nicht einmal überrascht zu sein. So sicher mußte er sich jetzt fühlen. Er mußte also auch ein gutes, sicheres Geschäft abgeschlossen haben.

»Guten Morgen, Liedke,« sagte der Gensd'arm.

»Ei, sieh da, guten Morgen, Herr Schmidt.«

»Wohin wolltest Du da?«

»Mich barbieren lassen, Herr Schmidt.«

Der Dieb machte zugleich eine Handbewegung um sein struppiges Kinn herum.

»Und Du kommst?«

»Wie Sie sehen, aus dem Keller da.«

»Und da hast Du?«

»Eenen genommen.«

»Ich kann es mir denken. Wie viel Ueberverdienst hast Du aus dem Zuchthause mitgebracht?«

»Einen Thaler vier Groschen.«

»Und wie viel Reisegeld gaben sie Dir mit?«

»Elf Silbergroschen drei Pfennige. Sie wissen ja, auf die Meile einen guten Groschen, und Brandenburg ist neun Meilen von hier.«

»Wie viel hast Du noch davon?«

»Verflucht wenig. Es ist heiß und da hat man Durst.«

»Komm mit mir in den Keller.«

»Sie wollen mich traktiren, Herr Schmidt?«

»Wir wollen sehen.«

Der Gensd'arm führte den Dieb in den Keller zurück, aus dem dieser gekommen war. Der alte Dieb schien ihm voll Verlegenheit zu folgen.

Die berliner Keller sehen meist einander ähnlich. Auch dieser war wie der in der Markgrafenstraße. Es war auch nichts Verdächtiges darin zu bemerken. Gäste waren nicht da. Der Wirth sah aus wie der ehrlichste Mann von der Welt. Das prüfende Auge des Gensd'armen zeigte, daß dieser ihn, vielleicht zugleich darum, für einen desto größeren Spitzbuben hielt.

Der Gensd'arm setzte in dem Keller sein Inquiriren nicht fort. Er stellte sich an das auf die Straße führende Fenster, und blickte durch die Scheiben auf die Straße. Um das, was in der Kellerstube vorging, schien er sich nicht zu bekümmern. Ludwig Liedke nahm dies für gewiß an. Er faßte leise und langsam in seine Tasche, zog etwas mit den Fingern daraus hervor und wollte es schon dem hinter ihm stehenden Wirthe zureichen. Noch schneller hatte aber die kräftige Faust des Gensd'armen zugegriffen. Sie erfaßte einen zusammengewickelten Fünfthalerschein.

Der Dieb erschrak, aber nur leicht. Der Gensd'arm blieb ruhig, als wenn nichts vorgefallen wäre. Nur mit sehr leisem Spott sagte er:

»Du hast im Zuchthause also doch mehr verdient?«

»Das nicht, Herr Schmidt.«

»Dann hast Du den Schein wohl gefunden?«

Der Dieb hatte unzweifelhaft von dieser allerdings sehr gewöhnlichen Ausrede Gebrauch machen wollen. Er wurde, da er nicht sogleich eine andere finden konnte, zuerst verlegen und dann trotzig.

»Sie haben es genau gerathen, Herr Gensd'arm.

»Ich hätte es mir denken können. Und wo?

»Auf dem Molkenmarkte vor Nummer drei nicht. Da findet die Polizei schon Alles.«

»Wenigstens Spitzbuben genug.«

Der Trotz des Diebes sollte einer größeren Verlegenheit Platz machen. Der Gensd'arm hatte seine Beobachtungen auf der Straße fortgesetzt. Auf einmal öffnete er das Fenster und gab mit der Hand einen bezeichnenden Wink hinaus. Gleich darauf trat der Gensd'arm Schmidt Zwei mit einem Menschen in den Keller.

Dieser Begleiter des Gensd'armen war ein sehr alter, sehr kleiner und sehr magerer Mann, mit einem spitzen, vertrockneten Gesichte, langer Nase, triefenden Augen und großer Brille. Er trug einen großen verdeckten Korb unter dem Arme. Er schien schwer an dem Korbe zu tragen.

Schmidt Vier kannte den Alten, und der Alte kannte den Gensd'armen Schmidt Vier.

Das Strafrecht, das bis zu dem neuen Strafgesetzbuche vom Jahre 1851 in Preußen galt, hatte sehr strenge Vorschriften gegen Diebe, sehr laxe gegen Diebeshehler. Besonders schwere Strafen waren gegen den rückfälligen Dieb angedroht. Wer zwei Mal wegen Diebstahls bestraft, zum dritten Male einen sogenannten »großen Diebstahl,« zum Betrage von mehr als fünf Thalern beging, der konnte, wie der Kunstausdruck war, mit einer »approximativ lebenswierigen« Zuchthausstrafe belegt werden. Den bloßen Diebeshehler dagegen konnte immer, wenn er auch noch so oft, sei es wegen Diebeshehlerei oder wegen Diebstahl selbst, bestraft war, nur höchstens eine Zuchthausstrafe von zwei bis drei Jahren treffen. Dieses System der Bestrafung brachte eine sehr praktische Praxis, namentlich der *berliner* Diebe hervor, welche die Diebstahlsgesetze nicht minder genau kannten als die Richter. Die berliner Diebe pflegen meist Diebe aus Neigung zu sein. Sie stehlen aus Diebeslust, wie der Jäger aus Jagdlust jagt. Bei manchen war nun allerdings die Diebeslust eben so groß, wie bei vielen großen Herren die noble Jagdlust, auch die Aussicht auf das »approximativ-lebenswierige Zuchthaus« konnte sie vom Stehlen nicht zurückhalten. Andere dagegen waren desto verständigere Leute. Waren sie wegen Diebstahl schon mehrmals bestraft, so gingen sie in sich, begannen einen andern Lebenswandel und wurden – Diebeshehler. Freilich wurden sie nicht allein dies, sondern nebenbei auch noch etwas Anderes. In früherer Zeit ehrliche Leute, zuweilen gar berliner Bürger, wenn es ihnen gelungen war, die

»preußische Nationalkokarte« wieder zu erhalten. Später machten sie das Geschäft der christlichen Frömmigkeit. Gewöhnlich, was allerdings bemerkt werden muß, trat die Nothwendigkeit der Ergreifung eines solchen veränderten Lebenswandels erst im späteren Alter ein, besonders aus dem Grunde, weil zugleich die damalige Beweistheorie des preußischen Strafprozesses dafür Sorge trug, jener Strenge des Gesetzes gegen die Diebe, namentlich den schlauen und frechen Dieben gegenüber, vielfach die Spitze abzubrechen.

Der alte Mann, den der Gensd'arm Schmidt Zwei in den Keller führte, gehörte zu der Sorte der mehrfach bestraften Diebe, welche die noble Passion seines Standes zu überwinden gewußt hatten. Er war ein sehr christlich frommer Diebeshehler geworden, der an Betstunden Theil nahm und sogar einem Missionsvereine zur Bekehrung der Heiden angehörte.

»Du, Graumann?« begrüßte ihn der Gensd'arm Schmidt Vier, in seiner kurzen Weise, theils verwundert, theils erfreut.

Der Alte seufzte tief auf, während er den Versuch machte, die triefenden Augen gen Himmel zu schlagen.

»Ja, guter Herr Schmidt,« sagte er, langsam, bedächtig, salbungsvoll. »Man ist in dieser bösen Zeit nicht einmal mehr sicher, wenn man auch auf den Wegen der Gerechten wandelt. Ja, gerade wer auf ihnen wandelt, muß am Meisten dulden.«

»Darauf warst Du?«

»Wie immer, wenn auch oft von den Menschen verkannt und verfolgt.«

»Mit dem Korbe da?«

»Lassen Sie sich erzählen, Herr Schmidt – «

»Zeig her.«

Der Gensd'arm nahm den Korb, den der Alte trug, öffnete den Deckel und sah den Korb angefüllt mit Uniformstücken eines preußischen Lieutenants von der Linie.

»Aha!«

»Lassen Sie sich erzählen, Herr Schmidt – «

»Schweig!«

Der Gensd'arm Schmidt Vier ergriff den Alten und stellte ihn in eine Ecke des Kellers; dann stellte er den Dieb Ludwig Liedke in eine andere, und den Kellerwirth in eine dritte; alle Drei so, daß keiner den anderen sehen, also irgend ein Zeichen mit ihm wechseln konnte. Er beschloß diese Anordnung zur Vermeidung von »Collusionen« mit der Drohung:

»Wer spricht, bekommt die flache Klinge.«

Dann sagte er zu dem Gensd'armen Schmidt Zwei. »Holen Sie rasch den Polizeirath herüber. Sie wissen, wo er ist. Nachher kommen Sie mit Schmidt Drei hierher.«

Schmidt Zwei ging.

Schmidt Vier spazierte schweigend in dem Keller umher, abwechselnd bald vor dem Einen, bald vor dem Anderen seiner drei Gefangenen stehen bleibend, die ihrerseits unbeweglich wie Bildsäulen standen. Er sah ihnen dabei in das Gesicht, als wenn er sagen wolle. »Aber was hast Du denn eigentlich gethan, daß man Dich hier so behandelt? Nicht wahr, Du bist unschuldig. Aber jene beiden Anderen da sind die Verbrecher?« – Jeder wollte ihm in der That antworten, und unzweifelhaft im Sinne seines Fragens. Aber so wie Einer begann, die Lippen zu bewegen, hob der schweigende Gensd'arm drohend den Zeigefinger der linken Hand in die Höhe, während seine Rechte nach dem Säbel an seiner Seite faßte.

Der Gensd'arm schien durch seinen Vorgesetzten auch etwas von der Kunst des Inquirirens gelernt zu haben, obgleich der Polizeirath Duncker als Inquirent nicht so sehr durch seinen Ernst als durch seine Freundlichkeit den Verbrechern gefährlich wurde. Das schweigende Fragen des Gensd'armen und sein Verbot zu antworten, hatte zur Folge, daß in jedem der Gefangenen von Minute zu Minute mehr das natürliche Verlangen wuchs, von dem gegen ihn entstandenen Verdachte sich zu reinigen, was, wie die Sache einmal lag, nur durch Hinüberwälzung von Schuld und Verdacht auf die Anderen oder auf Dritte geschehen konnte.

Als nach kurzer Zeit der Polizeirath eintrat, hatte das Verlangen sich fast bis zur Wuth gesteigert , selbst bei dem christlich frommen Dulder auf dem Pfade der Gerechten, am Meisten bei dem alten Diebe mit dem weichen Herzen. Allen Dreien, wie sehr sie den Eintretenden fürchteten, schien eine schwere Last vom Herzen gefallen zu sein.

Das Gesicht des Polizeiraths war noch freundlicher als am Morgen um sieben Uhr.

»Muß ich rapportiren?« fragte der Gensd'arm Schmidt Vier, besorgt, daß er viel werde sprechen müssen.

»Ich weiß schon Alles.«

Der Gensd'arm wurde doppelt zufriedener. Der Polizeirath wandte sich an Liedke.

»Liedke, Liedke, wie konntest Du so unvorsichtig sein?« sagte er.

Der Dieb wollte losplatzen.

»Ja, ja, Herr Polizeirath, da haben Sie es getroffen. Nur Unvorsichtigkeit – «

»Laß erst mich sprechen, Liedke. Du hast mich wohl nicht verstanden. Ich meinte, wie Du, ein so alter Dieb, heute Morgen so unvorsichtig sein konntest, Dich zu erschrecken, als Du mich sahest. Das bringt Dich in's Unglück, und diesmal vielleicht auf zeitlebens in's Zuchthaus. Es thut mir leid, denn Du bist nie ein gefährlicher Mensch gewesen. Nun, nicht wahr, armer Kerl, Du hattest mich eben nicht verstanden?«

Der alte Dieb, der wirklich ein weiches Herz hatte, weinte beinahe wieder.

»Herr Polizeirath,« rief er, gewiß bin ich kein gefährlicher Mensch, aber diesmal bin ich auch unschuldig. Glauben Sie mir.«

»Es sollte mich freuen, um Deinetwillen. Zuchthaus auf zeitlebens! Aber nachher.«

Die Gensd'armen Schmidt Zwei und Drei waren eingetreten. Der Polizeirath hatte als guter Inquirent schon seinen Plan gemacht. Es kam darauf an, die Spuren eines Verbrechens zu entdecken, von dessen Existenz er bisher noch nichts wußte. Er mußte dabei vorsichtig verfahren, um dieser Vorsicht willen aber auch die erste Ueberraschung und Stimmung der Verhafteten, von denen er allein Auskunft erlangen konnte, in richtiger Weise benutzen. Der geringste Fehler, gerade bei diesen Anfängen einer Spur, und in diesem ersten Momente, konnte die ganze Untersuchung verderben und die Entdeckung des Verbrechens oder der Thäter für alle Zeit unmöglich machen. Die Personen und die Verhältnisse waren dabei auf das Genaueste zu beachten.

Der Kellerwirth stand zwar schon seit einiger Zeit in dem Rufe, daß Diebesgesindel bei ihm verkehre. Aber der Mann war noch nie in Untersuchung gewesen, er war ferner, wie schon sein Aeußeres zeigte, ein derber, trotziger Mensch, er war endlich berliner Bürger. Von ihm war sicherlich viele und wichtige Auskunft zu erwarten.

Ludwig Liedke mußte, da der fromme triefäugige Alte nur noch das Handwerk des Hehlers trieb, der Urheber oder Miturheber des begangenen Verbrechens sein. Seine Aussage konnte daher nur auf dieses selbst und unmittelbar hinführen, deshalb auch nur in letzter Linie stehen, nachdem vorher das möglicherweise zu ermittelnde Material gegen ihn selbst gewonnen war. Ueberdies erschien es bei der Schwäche seines Charakters nicht durchaus geboten, den ersten Augenblick der Ueberraschung bei ihm zu benutzen.

So ergab sich von selbst in erster Linie das Verhör des alten Hehlers, der zudem im Besitze der Sachen getroffen war, also auf ein bloßes Leugnen sich nicht beschränken konnte.

Der Polizeirath ließ durch die Gensd'armen Schmidt Zwei und Drei Liedke und den Kellerwirth hinausführen, und draußen abgesondert bewachen. Dann schritt er zum Verhör des Hehlers. Zunächst besah er die einzelnen Uniformstücke des Korbes.

»Ei, ei, Justus Graumann, Ihr habt da am frühen Morgen schon ein hübsches Geschäft gemacht. Meist lauter neues Zeug! Was habt Ihr dafür gegeben?«

»Hören Sie mich an, Herr Polizeirath. Gott, der Gerechte, ist mein Zeuge –«

»Wie viel Ihr dafür gegeben habt?«

»Hören Sie mich nur erst an, guter Herr Polizeirath –«

»Guter Mann, seid zuerst nur so freundlich, mir den Preis zu sagen.«

»Sie sollen Alles erfahren, Alles, die lautere, reine Wahrheit.«

»Nicht wahr, fünf Thaler?«

»Nicht als Kaufpreis, verehrter Herr Polizeirath. Hören Sie mich nur an.«

»Nun, so sprecht.«

»Das lohne Ihnen der Allerbarmer. Glauben Sie mir, ich stehe hier vor Ihnen, unschuldig, wie Christus der Gekreuzigte.«

»Zur Sache, wenn Ihr so gut sein wolltet.«

»Die Sache ist sehr einfach. Der Wirth hier, Herr Funke, ein braver, redlicher Bürger der Stadt, kam heute früh zu mir und theilte mir mit, daß gestern Abends spät ein verdächtiger Mensch in seinen Keller gekommen sei, der habe um Nachtquartier gebeten. Er habe es ihm abgeschlagen, weil er nicht beherbergen dürfe. Der Mensch habe ihn darauf um zehn Silbergroschen gebeten, um sich eine Schlafstelle suchen zu können, seinen Korb geöffnet, worin sich Uniformstücke befunden, und diese als Pfand angeboten. Zugleich habe derselbe ihn gefragt, ob er ihm keinen Käufer für die Sachen verschaffen könne. Er habe auf einen Diebstahl gerathen, und da kein Polizeibeamter bei der Hand gewesen, so sei er zum Schein auf das Anerbieten eingegangen, habe dem Menschen die zehn Silbergroschen gegeben und die Sachen behalten. Er überlegte nun mit mir, wie es am Besten anzufangen sei, den Dieb nicht nur zu fangen, sondern auch zugleich zu überführen, und da kamen wir dann unter Gottes Beistande auf den Gedanken daß ich zum Scheine die Sachen abkaufen solle, um sie sogleich an das Polizeipräsidium zu bringen und dort Anzeige von dem Vorfalle zu machen.«

»Ihr seid doch die Ehrlichkeit selbst, alter Graumann,« unterbrach der Polizeirath den Diebeshehler.

»Ich habe ein ruhiges Gewissen, guter Herr Polizeirath. Hören Sie mich weiter. Das Geschäft, wohlverstanden, das Scheingeschäft, kam zu Stande; wir hatten uns dabei auch den Namen des Diebes sagen lassen. Er hieß Ludwig Liedke, seine Papiere vom Zuchthause wiesen ihn aus. Er war gerade auf dem Wege nach dem Polizeipräsidium als ich arretirt wurde.«

»Durch die Hinterthür dieses Hauses, guter Graumann?« sagte der freundliche Polizeirath.

»Für mich der nächste Weg.«

»Und warum holtet Ihr die Polizei nicht herbei?«

»Wir hatten unter Gottes Beistande davon gesprochen, Herr Polizeirath. Aber vorher ging es nicht an, weil ja der Dieb in der Nähe sein und aufpassen konnte, und Sie werden begreifen, daß dann Alles vorbei war, da wir seinen Namen nicht wußten.«

»Warum hatte der brave Herr Funke ihn nicht schon gestern Abend danach gefragt?«

»Er muß es doch wohl vergessen haben.«

»Nun, und nachher?«

»Nachher war der Mensch so eilig, daß keine Zeit blieb, zu dem Herrn Polizeicommissarius zu schicken. Auch war der Herr Funke allein. Sie wissen, er ist Junggesell.«

»Wo hat denn Liedke die Sachen gestohlen?«

»Das hat er nicht gesagt. Er hat gar nicht von einem Diebstahl gesprochen.«

Der Polizeirath gab dem Gensd'armen Schmidt Vier einen Wink.

»Ich kann doch jetzt nach Hause gehen, Herr Polizeirath?« fragte der Diebeshehler treuherzig.

»und Eure fünf Thaler, guter Graumann?«

»Sie sind mir sicher genug dafür, guter Herr Polizeirath.«

»Ihr seid ein argloses Herz.«

»Mit Gottes Beistand, Herr Polizeirath.«

Schmidt Vier führte den Alten ab.

»Den Kellerwirth?« fragte im Abgehen in seiner gewohnten Kürze der Gensd'arm , der den Plan seines Vorgesetzten errathen hatte.

Der Polizeirath nickte. Der Gensd'arm führte den Kellerwirth herein. Der Mann hatte unterdes seinen vollen Trotz gesammelt.

»Herr Polizeirath, Sie behandeln einen berliner Bürger in seinem eigenen Hause als einen Verbrecher?«

»Ich habe Ihnen,« erwiederte der Polizeirath, ja noch kein Verbrechen vorgeworfen.«

»Aber Sie behandeln mich als einen Verbrecher.«

»Sprechen Sie die Wahrheit, und auch das hört vielleicht auf.«

»Was wollen Sie von mir wissen?«

»Was haben der Liedke und der Graumann bei Ihnen gemacht?«

»Warum haben Sie sich das nicht schon von Graumann erzählen lassen?«

»Ich möchte es auch gern von Ihnen erfahren.«

»Warum, wenn Sie es schon von ihm wissen?«

»Sie sind berliner Bürger, noch nicht in Untersuchung gewesen; ich traue Ihnen mehr.«

Die ruhige Freundlichkeit des Beamten verwirrte die Grobheit des Diebswirths. Er schwieg, sich besinnend.

»Nun,« fuhr der Polizeirath fort, »was machten die Beiden hier?«

»Ich will es Ihnen erzählen, Herr Polizeirath. Gestern Abend spät kam der Mensch, der Liedke, hierher. Er bat um Nachtquartier. Ich kannte ihn nicht, ich darf auch nicht herbergen.«

»Sie verweigerten ihm daher das Nachtquartier.«

»So ist es. Darauf bat er mich um zehn Silbergroschen.«

»Und gab Ihnen den Korb mit den Sachen da zum Pfand.«

»So ist es.«

»Und darauf?«

»Ging ich heute Morgen früh zum Herrn Graumann, um mit ihm zu besprechen, wie wir – «

»Schon gut. Ich schenke Ihnen für heute das Weitere. Ich weiß es schon von Graumann, und Sie haben Recht, ich brauche es von Ihnen nicht noch einmal zu hören.«

Auf einen Wink führte Schmidt Vier den Kellerwirth ab und Ludwig Liedke ein. Der alte Dieb war nicht trotzig geworden; er sah beinahe gerührt aus.

»Nun, Lude, armer Kerl? Erst vorgestern vom Zuchthause zurück, und schon wieder reif! Und diesmal zeitlebens, denn es liegt ein großer Diebstahl vor. Und jene beiden ehrlichen Männer werfen Alles auf Dich, Alles, auf Dich allein, und waschen sich selbst rein. Du dauerst mich, alter Bursche.«

Das freundliche Mitleid des Polizeiraths traf so voll als möglich in das weiche Herz des Diebes, das zu schwach war sowohl zum vollen Leugnen als zum vollen Bekenntnisse der Wahrheit.

»Herr Polizeirath,« rief er unter Thränen, »an dem Diebstahl bin ich unschuldig. Ich habe nichts angerührt, von dem Gelde gar nichts. Ich schwöre es Ihnen.«

Der Beamte unterbrach ihn.

»Ein Wort, Lude, ehe Du weiter sprichst. Wir kennen einander. Du weißt, daß ich nicht eher aufhöre, bis Du nachgegeben hast, und ich weiß, daß Du keinen zu harten Kopf hast und nachgeben wirst.«

»Ich habe ein weiches Herz, Herr Polizeirath,« betheuerte der Dieb.

»Also wollen wir Einer den Andern nicht lange quälen.«

»Ich will Ihnen ein offenes Geständniß ablegen.«

»Das ist brav von Dir.«

»Gestern Abend vor Dunkelwerden schlenderte ich draußen vor dem halle'schen Thore. Ich wollte mir die neue Anstalt für Verbesserung jugendlicher Verbrecher ansehen. Ach, Herr Polizeirath, wie hat es die Jugend Berlins doch jetzt gut, gegen die Zeit, als ich noch jung war. Im Sommer kann sie vor das brandenburger Thor in den Thiergarten gehen und stehlen, und im Winter geht sie vor das halle'sche Thor in das neue schöne Haus, um sich bequem hinterm warmen Ofen bessern zu lassen. Wie ich da nun so herumging, sehe ich auf der andern Seite einen alten Bekannten herumschleichen, dessen ich mich nicht vermuthet hatte. Er erkannte mich und kam auf mich zu.«

»Und wie hieß dieser alte Bekannte?«

Der Dieb zögerte mit der Antwort.

»Nun?«

»Seinen Namen meinen Sie, Herr Polizeirath?«

»Du bist wirklich ein recht braver Kerl, Lude, daß es Dir schwer wird, Deinen Freund zu verrathen. Denn, nicht wahr, der hat den Diebstahl gemacht, und Du hast nur von ihm die gestohlenen Sachen angenommen? Aber ich kann Dir nicht helfen den Namen muß ich wissen.«

Der alte Dieb trotzte in seinem vorigen Harren.

»Indeß, braver Lude, vorläufig wie Du willst. Ohne den Namen bleibt natürlich Alles auf Dir allein sitzen. Die beiden Andern haben sich schon rein gemacht.«

»Herr Polizeirath,« antwortete der Dieb, noch immer zögernd, »Sie kennen ihn doch nicht. Er war vor Ihrer Zeit hier.«

»Ich kenne alle berliner Diebe seit fünfzig Jahren.«

Der Dieb ergab sich in das Unvermeidliche.

»Auch den Fritz Jure?«

»Sein Vater war Portier im auswärtigen Ministerium.«

»Weiß Gott, Sie kennen ihn.«

»Er ist also entsprungen? Er hatte zwölf Jahre Festung, und kaum erst die Hälfte verbüßt.«

»So ist es wahrhaftig. Er kam direkt von der Festung. Noch in seiner Soldatenjacke. Er bat mich, mich seiner anzunehmen. Ich verschaffte ihm eine andere Jacke.«

»Gestohlen?«

»Es ist ja noch nicht angezeigt, Herr Polizeirath,« antwortete listig der alte Dieb.

»Fahre fort.«

»Dann ging ich mit ihm in einen Keller in der Markgrafenstraße. Er war ausgehungert und verdurstet. Wie er nun gestärkt war, da zog gerade dem Keller gegenüber ein Offizier ein. Der Fritz, der seine Augen überall hat – meine Augen sind schon alt, Herr Polizeirath – meinte, da wäre wohl etwas zu machen. Ich mußte in dem Keller bleiben und er ging fort. Nach einer Weile kam er wieder und brachte mir die Sachen. Nun wissen Sie alles, Herr Polizeirath.«

»Schön, lieber Lude. Und wozu brachte er Dir die Sachen?«

»Um sie für ihn zu verkaufen.«

»Und das Geld?«

»Welches Geld?«

»Das Du nicht angerührt hast?«

»Habe ich davon gesprochen?«

»Ich denke.«

»Ja, ja, er zeigte mir Geld.«

»Wie viel!«

Der Dieb besann sich.

»Zwölftausend Thaler,« sagte er entschlossen. »Zwölftausend Thaler in Kassenanweisungen.«

»Teufel. Und Du hast nichts davon angerührt?«

»Keinen Pfennig.«

»Wo blieb das Geld?«

»Der Jure behielt es.«

»Und speiste Dich mit den Kleidern da ab, wofür Du lumpige fünf Thaler erhalten hast?«

Der Dieb wurde verlegen. Einerseits wollte er durch die Wahrheit sich nicht bloßgeben; andererseits empörte sich seine Diebsehre, als von einem Genossen geprellt dazustehen. Er schwieg.

»Die Wahrheit, Liedke,« drängte der Polizeirath; »Du weißt, daß ich Mittel habe, sie zu erlangen. Wer hat das Geld?«

»Der Jure, Herr Polizeirath, bei Gott.«

»Wo ist der Jure jetzt?«

»Das weiß ich nicht.«

»Du willst also allein der Sündenbock bleiben? Höre, Bursch, habe ich in einer Stunde nicht den Jure, so gebe ich mir keine Mühe mehr, ihn zu bekommen; dann, Du kennst selbst die Gesetze und das Kriminalgericht, dann hast Du, und zwar Du allein, den Diebstahl von zwölftausend Thalern gemacht, und Du bist reif für die Zeit Deines Lebens.«

Noch einmal kämpfte der Dieb mit sich. Dann sagte er:

»Er hat mich zum Judenfriedhof bestellt.«

»Auf wann?«

»Auf neun Uhr.«

»Was solltest Du dort?«

»Er wollte mit mir theilen.«

»Das Geld?«

»Ich denke es.«

Der Polizeirath wandte sich an den Gensd'arm Schmidt Vier.

»Der Judenkirchhof liegt hoch, Schmidt.«

Der Gensd'arm errieth bei dem ersten Worte die Gedanken seines Vorgesetzten.

»Der Spitzbube kann alle Wege dahin übersehen,« erwiederte er.

»Uebernehmen Sie es, ihn zu fangen! Ich muß zu dem Orte des Diebstahls.«

»Es wird schon gelingen.«

»Machen Sie Ihre Sache gut. Wo habt Ihr gestohlen?« wandte sich der Polizeirath an den Dieb.

»Ich, Herr Polizeirath?«

»Nun dann der Jure?«

»Markgrafenstraße zweiundneunzig.«

»Alle vorwärts!«

Der Polizeirath nahm eine Droschke und fuhr nach der Markgrafenstraße Nummer zweiundneunzig. In der Hausthür lehnte der Bursch des Offiziers und sonnte sich.

»Ist der Lieutenant noch zu Hause?«

»Er schläft noch.«

Der Herr von Maxenstern schlief in der That noch. Träume seines nahen Glückes hielten ihn auf dem Lager im Alkoven gefesselt. Der Polizeirath weckte ihn.

»Herr Lieutenant, Sie sind gestern Abend bestohlen.«

»Was, ich?«

»Um Ihre sämmtlichen Uniformstücke und –«

»Und?«

»Und um zwölftausend Thaler.«

Der Offizier sprang aus dem Bette, sprang an den Schreibsecretär, schloß ihn auf, und fand ihn leer.

Er fiel zurück auf einen Stuhl.

IV

Der Gensd'arm Schmidt Vier hatte ein sehr einfaches Mittel zur Anwendung gebracht, den als einen der verwegensten und gefährlichsten Diebe bei der Polizei zu Berlin noch immer im lebendigen Andenken Fritz Jure zu fangen. Vier seiner Kameraden mußten in bürgerlicher Kleidung den Judenkirchhof in angemessener Entfernung umgeben. Er selbst warf sich in die Livree eines Droschkenkutschers, instruirte den Lude Liedke unter Vorzeigung seiner Säbelklinge, setzte dann den Dieb in die Droschke und sich auf den Bock, und fuhr so mit ihm zum Judenkirchhofe. Vor diesem hielt die Droschke. Liedke stieg aus und ging auf den Kirchhof, während sein Kutscher in der gewöhnlichen langsamen und schläfrigen Weise der berliner Droschkenkutscher umkehrte, und dann, fluchend, daß ihm etwas an dem Lederwerk gerissen sei, anhielt. Alles das war so unverdächtig, daß Fritz Jure sich hinter einem Leichenstein erhob und arglos auf seinen Gefährten zuging. Gleich darauf war er gefangen.

Allein es wurde kein Pfennig Geld bei ihm gefunden. Nur im Grase hinter dem Leichensteine entdeckten die, auf das Sorgfältigste suchenden Gensd'armen einen Kassenschein von fünfundzwanzig Thalern. Wahrscheinlich hatte es der Antheil Liedke's von den gestohlenen zwölftausend Thalern sein sollen. Jure wollte nichts davon wissen.

Jure und Liedke wurden an das Criminalgericht abgeliefert und zur Criminaluntersuchung gezogen. Liedke gestand schon im ersten Verhöre Alles ein, auch vollständig seine eigene Mitschuld. Um so erheblicher, überzeugender wurde dadurch der Beweis gegen Jure. Gleichwohl blieb dieser bei einem festen, hartnäckigen und konsequenten Leugnen. Er wollte den Liedke nicht kennen, er wollte in der Markgrafenstraße nicht gewesen sein, er wollte noch weniger etwas von dem Diebstahle wissen. In dem Keller war es dunkel gewesen und er hatte nicht gesprochen; der Wirth konnte ihn daher nicht mit Bestimmtheit, nur sehr ungewiß wiedererkennen. Der Droschkenkutscher, der ihn zum Windmühlenberge gefahren hatte, konnte sich seiner gar nicht erinnern. Von den beiden Dienstmägden im Hause Markgrafenstraße Nummer 92 wollte sich die eine gleichfalls nur dunkel, die andere gar nicht auf ihn besinnen. Er war ein hübscher junger Mensch, ein Gefangener und ein verwegener Dieb. Die letztere Eigenschaft erweckte die weibliche Furcht, die beiden ersten regten das weibliche Interesse an. Auf dem Judenkirchhof war er zufällig gewesen; hatte Liedke vorher gesagt, daß sie sich dort treffen würden, so war das eine durch den Zufalle unterstützte freche Lüge. Von dem Fünfundzwanzigthalerschein wußte er nichts; es kam ihm dabei zu Statten, daß in dem gestohlenen Packet kein solcher Schein sich befunden hatte. Die Bezüchtigungen Liedke's hatten ihren Grund einfach darin, daß Liedke doch Jemanden haben müsse, auf den er die Schuld wälzen könne, und nun ihn, der einmal als Dieb bekannt sei, und dessen Entweichung aus der Festung er durch einen Zufall erfahren haben werde, genommen habe.

Ein solches beharrliches und konsequentes Leugnen, den dringendsten Beweisgründen gegenüber, war in der guten alten Zeit des Kriminalprozesses die fast allgemeine Sitte aller Verbrecher, die nur einigermaßen die Gesetze kannten, und diese kannte, wer nur einmal in Untersuchung gewesen war. Unter den berliner Dieben war sie gang und gäbe. Sie hatte ihren guten Grund. Die »ordentliche« Strafe des Verbrechens konnte nur verhängt werden, wenn ein »voller« Beweis da war, und dieser war nur da, wenn ein vollständiges Bekenntniß abgelegt war, oder wenn zwei unverdächtige Zeugen aus eigener Mitwissenschaft und übereinstimmend die Verübung der That selbst bezeugt hatten. Bei jedem andern, dem sogenannten künstlichen oder Indicien-Beweise konnte höchstens auf eine gelindere »außerordentliche« Strafe erkannt werden. Und dies auch dann nur, wenn mindestens mehrere »nahe Indicien zusammentrafen« und zugleich der Angeschuldigte bereits schlecht beleumundet war. Außerdem, wenn nicht mindestens ein »halber Beweis« vorlag, erfolgte vorläufige oder gänzliche Freisprechung. Dabei konnte ein »nahes« Indicium wiederum nur durch die eigene und übereinstimmende Wahrnehmung zweier unverdächtiger Zeugen hergestellt werden.

Für den Verbrecher war es danach ein Hasardspiel, ob sein Richter die gegen ihn vorliegenden Indicien als jenen »halben« Beweis begründend annehmen werde oder nicht. Wie hätte er das

Spiel nicht wagen sollen, bei dem er nie verlieren, immer nur gewinnen konnte? Dazu kam die natürliche Lust an dem geistigen Kampfe mit seinen Inquirenten.

Freilich war auch diese Lust an dem Kampfe eine gegenseitige. Der Inquirent hatte sie ebensowohl wie der Inquisit. Auf beiden Seiten gleiches Aufbieten von Scharfsinn und List, aber auch von Hinterlist. Daher denn auch die mancherlei Inquirentenkünste.

Doch wurden Scharfsinn, List und Kunst manchmal auch durch materielle Gewalt ersetzt, weniger bei den Civil als bei den Militäruntersuchungsgerichten. Der Prozeß gegen Jure sollte einen Beweis davon liefern.

Jure war zuerst an das Kriminalgericht zu Berlin abgeliefert worden. Es ermittelte sich jedoch, daß er noch Soldat war; er hatte der Strafcompagnie der Festung angehört, aus der er entsprungen war. Er wurde daher den Militärgerichten, und zwar dem Garnisonauditorate zu Berlin übergeben. Die Untersuchung gegen Liedke blieb bei dem Kriminalgerichte. Wurden gemeinsame Verhöre erforderlich, so wurden sie von einer »gemischten Commission« geführt.

Der Diebstahl an dem Lieutenant von Maxenstern hatte in Berlin Aufsehen erregt, besonders in der höheren Gesellschaft, theils um seiner Beträchtlichkeit, theils um der bekannt gewordenen eigenthümlichen Verhältnisse des Bestohlenen willen. Aller Amtsverschwiegenheit zum Trotze wurde daher auch die Lage der Untersuchung und die Strafe der gegen Jure vorhandenen Beweise bekannt. Am meisten Interesse erregte dabei natürlich der Umstand, daß das gestohlene Geld nicht zu ermitteln war. Alle Welt, die nicht eben preußisch- (oder auch gemeinrechtlich-) juristisch war, war im höchsten Grade entrüstet darüber, daß gegen den frech leugnenden und nach ihrer Ansicht überführten Verbrecher kein Mittel der Gewalt angewendet wurde, ihn zur Herausgabe des gestohlenen Geldes zu zwingen. Am Meisten empört waren die Offiziere und die Damen. Der Inquirent des Auditoriats, und wenn er sich auf das Gesetz berief, wurde mit den bittersten Vorwürfen überhäuft. Man sprach sogar davon, das Gesetz müsse abgeändert, mindestens müsse für den gegenwärtigen Fall eine Cabinetsordre erlassen werden. Allein die Richter wollten das Gesetz nicht verletzen, und der Justizminister wollte die Cabinetsordre nicht extrahiren. Jure aber blieb fest.

Gleichwohl bekam die Sache bald eine andere Wendung. Der Commandant der Festung, aus welcher Jure entsprungen war, reklamirte diesen für seine Gerichtsbarkeit, um gegen ihn die Untersuchung wegen des gewaltsamen Ausbruchs aus der Festung, und deshalb, um der »Connexität« der Sache willen, zugleich wegen des in Berlin begangenen Diebstahls führen zu lassen. Jure wurde an ihn abgeliefert.

Nach der preußischen Militärgerichtsverfassung ist der betreffende Militäroberbefehlshaber zugleich der Militärgerichtsherr. Der Auditeur ist sein Gerichtshalter. In den Festungen ist der Militärgerichtsherr der Festungscommandant, sein Gerichtshalter der Festungsgarnisonauditeur.

Der Festungscommandant, welchem Jure zurückgeliefert wurde, war ein alter Soldat, aber auch nur ein alter Soldat, der einen anderen als einen militärischen Gesichtskreis nicht hatte. Der Soldat ging ihm daher über Alles; freilich war ihm eigentlich der Offizier nur Soldat. Dabei war er ein streng rechtlicher Mann, den jedes Unrecht empörte; freilich in seiner Weise, die allerdings einige Aehnlichkeit hatte mit der Art und Weise, wie manchmal der alte Fritz mit seinem Krückenstock in die Gerechtigkeit hineingeschlagen hatte.

Begreiflich interessirte ihn nach allem diesen die Untersuchung gegen Jure in hohem Grade. Dazu kam, daß der Vater der Verlobten des Lieutenants von Maxenstern sein Freund gewesen war.

Er las selbst, und sehr genau, die Untersuchungsakten, die ihm mit dem Inquisiten von Berlin überschickt waren.

Dann ließ er »seinen« Auditeur zu sich kommen, der ihm ein Mittelding zwischen Offizier und Nichtoffizier war.

»Auditeurchen, der Jure ist da.«

»Ich habe es erfahren, Herr General.«

»Ich habe seine Akten gelesen.«

Der Auditeur verbeugte sich schweigend.

»Der Mensch hat einen Offizier bestohlen.«

»Ich weiß es, Herr General.«

»Um zwölftausend Thaler!«

»Ich weiß es, Herr General.«

»Der Lieutenant von Maxenstern ist ein sehr braver Offizier.«

Der Auditeur verbeugte sich wieder schweigend.

»Seine Braut ist die Tochter eines meiner bravsten Freunde.«

Wieder eine Verbeugung des Auditeurs.

»Die zwölftausend Thaler sind noch nicht wieder da.«

»Ich habe es gehört, Herr General.«

»Auditeurchen, ich verlasse mich auf Sie.«

Der Auditeur verstand die Worte.

»Ich werde thun, was in meinen Kräften steht, und –«

»Brav, Auditeurchen.«

»Und was die Gesetze gestatten.«

»Versteht sich.«

Der Auditeur ging, nahm die Akten mit, las sie sorgfältig durch, inquirirte mit Fritz Jure, bekam aber nicht mehr von ihm heraus als seine Collegen in Berlin.

Schon am folgenden Tage mußte er dem Conmmandanten über das Resultat seines Inquirirens rapportiren.

»Nun, Auditeurchen?«

Der Auditeur zuckte die Achseln.

»Er hat nicht bekannt?«

»Nein, Herr General.«

»Auch nicht, wo er das Geld gelassen hat?«

»Keine Silbe.«

»Haben Sie ihm schon Hiebe geben lassen?«

»Nein, Herr General.«

»Was? Noch keine Hiebe? Warum das nicht?«

»Weil das Gesetz es nicht gestattet.«

»Das Gesetz? Das Gesetz?«

»Der Herr General wissen, daß ich das Gesetz nicht übertrete, und ich weiß, daß der Herr General das nicht wollen.«

»Richtig. Gegen das Gesetz darf man nicht. Was sagt das Gesetz?«

»Es verbietet jede Gewaltmaßregel zur Erlangung eines Geständnisses.«

»Jede? Ohne Ausnahme?«

»Nur gegen halsstarrige und verschlagene Verbrecher, welche frech lügen oder gänzlich schweigen, soll körperliche Züchtigung stattfinden. Aber nur der Herr General können sie verfügen.«.

»Ich verfüge sie, Auditeurchen. Jetzt gleich, auf der Stelle. Lassen Sie ihm achtzig geben, sofort.«

»Herr General –«

»Was?«

»Der Mensch schweigt nicht gänzlich.«

»Aber er lügt. Er will von dem Gelde nichts wissen, was er gestohlen hat.«

»Daß er es gestohlen hat, muß ihm noch bewiesen werden. Erst dann kann von einer Lüge die Rede sein.«

»Auditeurchen, Auditeurchen, Sie sind ein ehrlicher Mann, aber sind Sie hier nicht zu spitzfindig?«

»Das Gesetz kann gar nicht anders verstanden werden.«

»Das muß ich selbst sehen. Das Gesetzbuch steht da hinten auf dem Bücherbret. Langen Sie es mir einmal her.«

Der Auditeur holte das Gesetzbuch, schlug darin die betreffende Stelle auf und überreichte es dem General.

Dieser las sehr eifrig und nachdenklich.

»Dumme Gesetze,« sagte er. »Recht einfältige Gesetze. Für die Spitzbuben gemacht, gegen die ehrlichen Leute. Der Lieutenant muß doch wieder zu seinem Gelde kommen!« Er studirte in dem Buche weiter. Auf einmal fuhr er triumphirend in die Höhe. »Auditeurchen,« rief er, halb vorwurfsvoll, halb freudig. »Muß ich besser die Gesetze kennen als Sie? Da steht es ja. Hören Sie zu: »»Vorzüglich soll eine solche Züchtigung alsdann stattfinden, wenn der Angeschuldigte bei einem gegen ihn ausgemittelten Verbrechen, welches er nicht *allein* ausgeübt haben kann, die Angabe der Mitschuldigen verweigert, oder wenn der Räuber oder Dieb nicht anzeigen will, wo sich die entwendeten Sachen befinden oder wenn er durch falsche Angaben darüber den Richter täuscht. Den letzten Fall haben wir hier, Auditeurchen. Der Mensch ist ein Dieb, nicht wahr, Auditeurchen?

»Noch nicht überführt, Herr General.«

»Das Geld ist entwendet. Leugnen Sie das auch?«

»Nein, es steht fest durch die eidliche Angabe des Bestohlenen.«

»Der Mensch will nicht anzeigen, wo es sich befindet. Geben Sie auch das zu?«

»Es ist so.«

»Also! Achtzig, Auditeurchen! Lassen Sie ihm auf der Stelle achtzig Hiebe geben.«

»Herr General – «

»Fehlt noch etwas?«

»Die Hauptsache. Das Gesetz setzt auch hier den vollen Beweis voraus, daß der Leugnende wirklich gestohlen habe, daß er der Dieb sei. Der *Dieb*, der nicht anzeigen will, soll gezüchtigt werden. Ein Dieb ist nur, wer bereits vollständig des Diebstahls überführt ist.«

Der General sah wieder in das Gesetzbuch. Er wurde still.

»Dumme Gesetze das. Recht dumme Gesetze!«

Auf einmal wurde er wieder lebhaft. Er schien plötzlich einen durch die Finsterniß hell leuchtenden Gedanken gefaßt zu haben.

»Auditeurchen!«

»Herr General?«

»Der Mensch hat gestohlen, zweifeln Sie daran?«

»Ich für meine Person bezweifle es nicht.«

»Er hat einen armen Offizier bestohlen.«

Der Auditeur verbeugte sich wieder schweigend.

»Er hat ihm sein ganzes Vermögen gestohlen.«

Der Auditeur verbeugte sich.

»Der Offizier muß wieder zu dem Seinigen kommen.«

Der General sah bei jedem seiner Sätze fragend den Auditeur an, dem daher auch diesmal nur übrigblieb, sich schweigend zu verbeugen.

»Der Mensch kann als überführter Dieb nach den Gesetzen nicht betrachtet werden.«

»Nein, Herr General.«

»Auch nicht als frecher Lügner.«

»So ist es, Herr General.«

»Nach den Gesetzen kann ich ihn daher auch als Gerichtsherr nicht züchtigen lassen.«

»Nein, Herr General.«

»Aber er ist hier aus der Festung ausgebrochen.«

»Ja, Herr General.«

»Das ist gegen die militärische Ordnung der Festung.«

»Allerdings, Herr General.«

»Ueber die militärische Ordnung in der Festung habe ich zu wachen, nicht als Gerichtsherr, sondern als Festungscommandant.«

»Zu Befehl, Herr General.«

»Also auch nicht nach den dummen Gesetzen da, sondern nach meiner Instruktion.«

»Zu Befehl, Herr Geueral.«

»Ich habe nach dieser auch ein Disciplinarzüchtigungsrecht gegen die sich auflehnenden Gefangenen.«

»So steht es in der Instruktion.«

Der General triumphirte, daß sein Auditeur, der, obwohl in seinen Augen nur halb Offizier, dennoch in juristischen und vielen andern Dingen eine ganze Autorität für ihn war, bis dahin seiner Logik keinen einzigen Widerspruch hatte entgegenstellen können. Völlig siegreich schloß er:

»Also, Auditeurchen, lasse ich als Commandant, nicht als Gerichtsherr, dem Menschen seine Hiebe geben. Achtzig dictire ich ihm, lassen Sie sie sofort vollstrecken.«

Der bedächtige und gewissenhafte Auditeur hatte noch immer Einwendungen.

»Der Herr General vergessen,« sagte er, »daß Sie wegen des Ausbruchs des Menschen schon eine Kriminaluntersuchung haben einleiten lassen. Doppelt kann er nicht bestraft werden; die Kriminaluntersuchung hebt das Disciplinarverfahren auf.«

Allein diesmal ließ der alte General sich nicht irre machen.

»Das ist für den Ausbruch, Auditeurchen,« rief er. »Züchtigen lasse ich ihn für das Entweichen.«

»Durch das Ausbrechen ist er entwichen, Herr General. Das ist von einander nicht zu trennen.«

»Es ist zweierlei, sage ich Ihnen.«

»Ich bedauere, Herr General, gesetzlich –«

»Ich befehle hier als Commandant nach meiner Instruktion; hier gibt es kein Gesetz.«

»Das Gesetz steht über der Instruktion.«

»Das verstehen Sie nicht, Auditeurchen.«

»Herr General – «

Das Gesicht des alten Generals wurde sehr roth.

»Herr Auditeur, wo ich als General befehle, bin ich gewohnt, jeden Widerspruch als Insubordination

»Zu Befehl, Herr General.«

»So lassen Sie dem Menschen seine Achtzig geben.«

Der Auditeur hatte noch eine Einwendung, freilich nur eine halbe.

»Entschuldigen Sie, Herr General, die Instruktion gestattet Ihnen als Disciplinarzüchtigung nur vierzig Hiebe.«

Der General ließ sich auch durch diesen Einwurf nicht irre machen.

»*Auf einmal* nur vierzig, Auditeurchen. Sie lassen ihm also zuerst vierzig geben, und wenn er dann noch nicht bekannt hat, so rapportiren Sie mir, und er bekommt die zweiten vierzig.«

»Wenn er nicht bekannt hat, Herr General? Ich denke, er bekommt die Züchtigung für sein Entweichen.«

»Das verstehen Sie nicht, Auditeurchen, das geht meiner Instruktion an.«

»Aber dann die *zweiten* vierzig? Für das Entweichen kann er nur einmal gezüchtigt werden.«

»Auditeur, Sie werden unausstehlich. Das wird sich finden. Gehen Sie.«

Der Auditeur ging, die Züchtigung vollstrecken zu lassen. Der Corporal, der sie zu vollziehen hatte, war von dem Commandanten schon instruirt.

Fritz Jure wurde vorgeführt, um seine Züchtigung zu empfangen. Der Auditeur eröffnete ihm den Zweck der Vorführung.

»Der Herr General hat Dir vierzig Hiebe dictirt, für Deine Entweichung.«

Der Gefangene schien darauf gefaßt zu sein. Er verzog keine Miene. Der Corporal flüsterte ihm in's Ohr:

»Du wirst achtzig bekommen, wenn Du das gestohlene Geld nicht herausgiebst.«

Der Dieb sah ihn höhnisch an. Er bekam vierzig Hiebe. Mit einem Stock, stehend, auf den Rücken. Der Nichtsoldat wird liegend mit der Peitsche auf dem Gesäß gezüchtigt. Er verzog auch während der Züchtigung keine Miene.

»Nun?« fragte ihn der Corporal.

Der Dieb antwortete mit einem Blicke der Verachtung. Der Auditeur mußte dem General rapportiren.

»Die Züchtigung ist vollstreckt, Herr General.«

»Hat er bekannt, Auditeurchen?«

»Nein, Herr General.«

»Lassen Sie ihm die zweiten vierzig geben.«

»Herr General, die Instruktion —«

»Die zweiten, sage ich. Vierzig hat er bekommen für das Entweichen. Andere vierzig bekommt er dafür, daß er bei seiner Entweichung die Sträflingskleidung mit sich fortnahm.«

»Er konnte doch nicht nackt davon laufen, Herr General.«

»Das verstehen Sie nicht. Meine Instruktion habe ich auszulegen.«

Der Dieb bekam die zweiten vierzig Stockhiebe. Er zuckte auch diesmal nicht. Aber sein Gesicht war leichenblaß geworden, seine Augen waren von weiten, schwarzen Kreisen umgeben.

»Nun, das Geld?« fragte, als die Execution beendigt war, der Corporal wieder.

Der Gezüchtigte antwortete mit einem Blicke stiller, aber desto drohender Wuth.

Der Auditeur rapportirte wieder dem General.

»Auch die zweite Züchtigung ist vollstreckt.«

»Hat er bekannt?«

»Nein.«

»Für heute mag er Ruhe haben.«

Am andern Morgen mußte der Auditeur wieder zum General kommen.

»Auditeurchen, der Mensch muß heute wieder seine achtzig haben.«

»Aber, verehrter Herr General —«

»Auditeurchen, der Mensch hat einen armen Lieutenant bestohlen.«

»Herr General, ich bitte Sie —«

»Der Vater der Braut war mein Freund.«

»Herr General, geben Sie der Stimme der —«

»Zuerst vierzig, Auditeurchen, dafür, daß er seine Commißjacke, die er mitgenommen, nicht zurückgebracht hat. Keine Widerrede!«

Der Auditeur mußte auch die dritte Züchtigung vollstrecken lassen. Vorher ließ er den Gefangenen in sein Verhörzimmer führen.

»Jure,« sagte er hier zu ihm, »der General hat Dir eine neue Züchtigung von vierzig Hieben dictirt, für die Verbringung Deiner Sträflingskleidung. Er wird Dich auf solche Weise ferner züchtigen lassen, bis Du das Geld herausgiebst. Ich kenne ihn, und er hat das Recht dazu. Gehe in Dich. Mache Dich nicht zum Krüppel.«

»Ich habe nicht gestohlen, ich weiß von keinem Gelde,« antwortete der Dieb mit seinem frechen Trotze.

Er bekam die dritten vierzig Hiebe. Er hielt auch sie aus, auf den schon wunden, ihn schon furchtbar schmerzenden Rücken. Er hielt sie standhaft aus, ohne einen Laut. Aber sein ganzes Gesicht war erdfahl geworden, und sein ganzer Körper zitterte.

»Nun,« fragte der Corporal wieder.

Der Gefangene wollte ihm in das Gesicht speien; aber er beherrschte sich und zog still ab.

Der Auditeur rapportirte dem General die Vollziehung der dritten Züchtigung.

»Und er hat noch nicht bekannt?«

»Nein, Herr General.«

»Es that mir leid, Auditeurchen, aber der Mensch hat einem armen Offizier sein Alles gestohlen, und die Braut ist die Tochter meines Freundes. Er hat seine Jacke, eine Militärjacke, in einen Graben in Berlin geworfen. Er hat das selbst bekannt. Das ist ein Affront, und er verdient dafür die vierten Vierzig. Lassen Sie sie ihm geben.«

»Noch heute, Herr General?«

»Noch heute.«

Der Auditeur ließ vorerst den Gefangenen durch einen Arzt untersuchen, ob er ohne Nachtheil die Züchtigung werde ertragen können. Der trotzige Dieb stellte sich kräftiger als er war. Das Gutachten des Arztes fiel bejahend aus.

Die vierte Execution begann.

Der Dieb gab auch jetzt keinen Laut von sich. Aber bei dem zwanzigsten Hiebe fiel er zusammen. Der Auditeur befahl einzuhalten. Der Gezüchtigte wurde in das Hospital gebracht. Der finstere, energische Verbrecher hatte auch einen eisernen Körper. Er war nach vierzehn Tagen wieder hergestellt.

Der General ließ den Auditeur rufen.

»Auditeurchen, er Mensch, der Fritz Jure, der den Lieutenant von Maxenstern bestohlen hat, ist wieder besser.«

Der Auditeur verbeugte sich schweigend.

»Er kann wieder seine Hiebe aushalten.«

»Ich weiß es nicht, Herr General.«

»Aber ich weiß es. – Er hat noch immer nicht bekannt.«

»Nein, Herr General.«

»Er hat noch viel gegen die Disciplin gefehlt.«

»Noch immer, Herr General?«

»Aber ich habe mich an Se. Majestät gewandt.«

»Und Se. Majestät?«

»Haben dem Lieutenant von Maxenstern ein Gnadengeschenk von zwölftausend Thalern gemacht.«

»Gottlob!«

»Ja, Gott erhalte Se. Majestät, Friedrich Wilhelm den Dritten.«

»Und der Jure, Herr General?«

»Ich und meine Instruktkion haben nichts mehr mit ihm zu schaffen. Er gehört jetzt nur noch Ihnen und dem Gesetze.«

Die Untersuchung gegen Fritz Jure war bald abgeschlossen. Er legte auch in ihrem ferneren Verlaufe kein Bekenntniß ab. Trotz seinem Leugnen konnte seine Schuld keinem Zweifel unterliegen. Es wurde gegen ihn auf Festungsbaugefangenschaft bis zur Begnadigung erkennt, auf welche letztere vor Ablauf von funfzehn Jahren von Amtswegen nicht anzutragen sei. So lauteten damals die Gesetze.

Er verbüßte sein Strafe, volle funfzehn Jahre lang, unverdrossen, aber auch in »untadelhafter Führung.« Nach Ablauf der genannten Zeit wurde er daher begnadigt. Er kehrte nach Berlin zurück. Die Polizei bewachte ihn von dem Augenblicke seiner Entlassung an auf Schritt und Tritt. Von den gestohlenen zwölftausend Thalern wurde gleichwohl keine Spur gefunden.

Nach einigen Monaten war er indeß plötzlich verschwunden.

Nach einem Jahre hörte man, daß ein Mensch, auf den das Signalement des Fritz Jure paßte, in dem Westen von Nordamerika sich angekauft habe, und dort als fleißiger Ackerbauer lebe.

Ludwig Liedke war lange vorher im Zuchthause gestorben.

9 788027 311279